散文界·无界
+

凡音之起

张敬民·著

山西出版传媒集团 ⩜ 北岳文艺出版社

图书在版编目（CIP）数据

凡音之起 / 张敬民著. —太原：北岳文艺出版社, 2015.9
ISBN 978-7-5378-4555-7

Ⅰ.①凡… Ⅱ.①张… Ⅲ.①散文集—中国—当代 Ⅳ.①I267

中国版本图书馆CIP数据核字（2015）第212638号

书 名	凡音之起
著 者	张敬民
责任编辑	贾江涛
助理编辑	左树涛
书籍设计	张永文
出版发行	山西出版传媒集团·北岳文艺出版社
地 址	山西省太原市并州南路57号
邮 编	030012
电 话	0351-5628696（太原发行部）
	010-57427866（北京发行部）
	0351-5628688（总编办公室）
传 真	0351-5628680
网 址	http://www.bywy.com
E - mail	bywycbs@163.com
经 销 商	新华书店
印刷装订	山西人民印刷有限责任公司
开 本	787×1092 1/16
字 数	148千字
印 张	11.5
版 次	2015年9月第1版
印 次	2015年9月山西第1次印刷
书 号	ISBN 978-7-5378-4555-7
定 价	26.00元

目录

引子 / 001

壹·黄河水深浪滔天，
　　扳船汉吃饭拿命换。 / 005
　　附：黄河上的歌 / 020

贰·唱曲儿容易叠调难，
　　学会唱曲儿解心宽。 / 031
　　附：走西口的歌 / 049

叁·灯瓜瓜点灯半炕炕明，
　　烧酒盅盅挖米不嫌哥哥你穷。 / 073
　　附：男人女人的歌 / 089

肆·千万年的黄河日夜流，
　　山曲儿世世代代唱不到头。 / 109

尾声 / 138

    附：二人台《走西口》 / 140

话说西口文化

    ——作者与编者的对话 / 147

后记 / 171

引 子

河曲，一个去过就忘不掉的地方。

这么些年，要问我去过多少回，还真难确切地说上来。

我结缘河曲本就是个传奇，注定了这辈子想丢都丢不开。

那是上世纪的1985年，身为记者的我在省城太原待得心慌，生怕少年壮志被"泡"没了而平庸下去，于是与对桌的同事、年长我五岁的大哥马小林一起密谋，策划了沿"走西口"的古道徒步采访的行动。要知道，这样的事在当时就好比河曲民歌唱的——"数九天长起一苗鲜咯白白的菜"，新鲜得很咧，在业界也可谓"壮举"！

河曲，就是我们采访途经的重要一站。如果拿那句惯常的军事术语来套，就是在战略上是统筹全局的要害，在战术上是把握胜算的关键一役。这是因为，它地处晋西北的黄河边，与内蒙古隔河相望，是当年穷苦人"走西口"的重要路线之一，可以说，山西境内浩浩西去"讨生活"的农民大多选取此道，尤其以忻州地区为最。他们春出秋回，以至于成了一种常态的生存方式。这便有了那首流传甚广，甚至成为反映"走西口"历史根源及对生活真实写照的经典民歌：

> 河曲保德州，
> 十年九不收；
> 男人跑口外，
> 女人挖野菜。

河曲之所以重要的另一个原因，是它在我们日后提出的"西口文化"（完成徒步采访之后，我们撰写出版了长篇纪实文学《西口大逃荒——记者徒步"走西口"纪实》，最先也是第一次提出"西口文化"这个学术概念，后被人们普遍认同并应用）概念里占有举足轻重的分量，仅从"走西口"的人口比例来说，其他地方就无以相比——河曲全县现有人口约12万，而定居于"口外"内蒙古生活的河曲人却有30万—40万之多，甚至那里的一些地名、村名都是以与河曲相应的村寨名命名，说话的语音及生活习惯更是深深影响着这方广袤的土地。再一点，河曲就像它的名字一样，有浩如繁星的民歌，曾经这里的男人女人、老老少少都能随口哼唱出成箩成筐的"山曲儿"，村里河畔、坡坡梁梁随时会飘来情意悠长的"爬山调"，不怪世人将它称之为"民歌的海洋"，并公举为"中国北方民歌的发源地之一"。更为重要的是，这里的民歌与"走西口"息息相关，似乎那一个个激荡心灵的音符和词句都是为它生出来长出来的。可以说，凡是与"走西口"相关的生活及情景都融进了歌里，无一遗漏；就连"走西口"这三个字的特定词组，也是河曲人创造并唱出来的，可谓"专利"。不服？有据为证——"二人台"最著名的剧目便叫《走西口》，更别说那一首首提及此语的众多民歌了。

记得当年徒步到达河曲县境，一路采访几乎是伴着当地男男女女嘴里哼唱的"山曲儿"贯通下来的。那里的民歌让我们着迷，那里的故事让我们动容，那里的百姓让我们难忘……似乎作为外乡人的我们还来不及对这块土地陌生，即被它那散发着"酸捞饭"一般的糜曲酒香给融化去了，浑身绵绵的软软的，有股子醉醺醺暖暖的亲熟。以至于后来再去，莫名地总有一种游子归乡的感觉，而采访结识的那些老老少少的乡亲见了竟也口口声声地招呼着"你回来咧！"每每这时，我的周身毛孔就会"嗖"地睁开，仿佛每个毛孔都在呼吸。

一晃整整三十年过去了，我还是忍不住会惦它念它，那种牵绊不曾淡去反而愈浓了，面对我的"多情"，就连有时相遇的那方水土生养的

"纯种"也不禁自惭"枉为河曲人啊!"说来也不诬,就在2008年我还作为策划人和组织者发起了时隔二十三年后的又一次对"走西口"的全面战役性采访,定名为《西口在望》,动用了广播、电视、报刊等媒体展开行进式的全方位报道,其中河曲又是关注的重中之重。

也就是这样的缘由,在这一年的盛夏,我再一次来到了河曲,重访像绵长的"山曲儿"一样缠绕心中的那些放不下的往事故人……

黄河水深浪滔天，
扳船汉吃饭拿命换。

河曲，是个因黄河在这里拐了弯儿而得名的县。也许正是这样一种天赐的机缘巧合，这里的人们爱民歌唱民歌痴民歌，"见甚唱甚想甚唱甚"，整天价嘴里像波涌浪翻的黄河水一样"叠调调"，以至成为与日出而作日落而息的生活相生相伴的常态。不仅如此，他们还把这些曲调繁多的民歌通通称作"山曲儿"，而且沿袭着近千年(据考，北宋即有记载)的历史文化"基因"，祖祖辈辈、一代一代传唱至今，一如奔流不息的黄河水。

黄河孕育了这块土地，也滋养了岸边的人。因之，这里自然而然地生出了一种临水吃水的独特生活方式，即"跑河路"，而靠它"讨生活"的人被叫作"扳船汉"。有首民歌是这么唱的：

西北风顶住上水船，
破衣烂衫跑河滩。

河曲起程上河套，
步步走的鬼门道。

上水船困在浅水滩，
穷日子难住扳船汉。

黄河水深浪滔天，
扳船汉吃饭拿命换。

手扳棹杆脚蹬船，
船踏岩头命交天。

吃饭的人走鬼路，

什么人留下个跑河路？

同往常一样，如没有什么特殊情况，我到达河曲后去的第一个地方准是娘娘滩，而且每次都显得那么急迫，像是那儿有牵着心尖尖的线线，一拽一拽地撑捺不住。要说真有啥放不下的牵挂，那就是二十几年前相识的那些一辈子住在滩上的"扳船汉"。

娘娘滩是波澜万里的黄河河道上唯一有人居住的滩岛，仅这一点就够得上神奇。老天爷就是这样公平，天底下的苍生只要存活在世上，不论贵贱好歹都要给个栖身之地给条活路。黄河里有这样的所在，不用说去过了，你想想都觉得新鲜有趣——一个东西长700多米、南北宽340多米的沙洲小岛浮在粼粼水波里，上面桑榆杨柳围堤密拢，青砖灰瓦的农舍散落其间，一阵风吹来裹着成熟的麦香和瓜果的沁甜，不时还会冒出一声声在太阳地里晒着的闲适的牛叫羊咩，还有那一串串嬉戏玩耍的无忧无愁的童欢……

我们向东出了县城，沿着黄河公路一路往上游去。正是盛夏八月，强烈的阳光暴晒在波浪一样起伏的黄土垣上，四处生烟，没有一丝水汽。远远近近的田地里，高高低低长着等待成熟的庄稼，几棵一丛抱团生长的杨树像跳棋子一样零星撒落于坡梁，古老的土垛城墙残破却不失尊严地时断时续横亘在山脊……

不出半小时的车程，我们来到楼子营镇。这名字听上去就很有古意，咋也在明代便已有了此谓，是个几百年来大河两岸响当当的摆渡码头。可以这么讲，自打有了"跑口外"这档事儿，这码头就没停歇过，春去秋来，数不清有几辈辈、多少人"讨生活"从这儿过命过，也数不清有多少条船载着货物从这儿溯水包头逐流秦晋，而凡从这里启航的船只，掌舵的船家把式多是隶属这个镇的娘娘滩人。如今，岸畔码头那块砖石垒砌的老照壁还竖立在坡梯上，以风雨侵蚀仍傲然坚守的身躯向人们昭示着曾经见证过的历史。从这里望去，树木葱茏、浓荫掩映的绿色娘娘滩就在眼前，它的形状头尖腹阔像条船，滩行水流，航行在波澜不惊的黄河上。之所以"不惊"，是因这里的河道很宽，上游几公里处，"一声似雷鸣"的黄河水从峭壁夹持不足200米的"龙口"喷泻而出，随即淌入40公里长的宽谷，深涧顿消，豁然开阔，水流一下子泄去劲儿，平缓和顺下来，柔软得像缎子，温婉得像少女。而那种《黄河大合唱》里的"惊涛"，诗人慨叹的"黄河挽起你那坚实的臂膀"都悄没声儿地不见了。然而，如今的河水已没有了曾经的样子，水流很浅，许多沙滩露出水面，水线环绕在周边像湖水一般文弱，有的地方卷起裤腿就能蹚过，船行其间不得不绕道深水区航行……这哪里还叫黄河呀！当年的那条洋洋一泓天地流的大河去哪儿了？一个开"铁舶子机船"的娃娃指着上游告诉我，那几里外的"形似龙口"的地方当河拦起了大坝，建起龙口发电站，白天蓄水，晚上开流发电。因此，要想见到当年黄河的样子，只有夜半三更来了。而白天见到的这还能流动的河水，是从电厂大坝的导流洞流出的。

　　码头已伸进河槽很深，平缓的水流中有三条靠岸的机动船在搭客。掌舵的船把式年龄悬殊，大的有六七十岁，小的却只有十二三岁。他们卖劲吆喝着争着引导人们上船，各顾各地前后忙活，一看便知这不是一家的生意。我们上了那娃娃的船，他熟练地拉转柴油发动机，"突突突"地驾驶着"铁舶子"驶向河中央。我以记者的职业习惯，乘着河风挑高声音与"跑河路"的娃娃攀谈。他麻利地操作着船舵，眯缝着两眼，用"扳船汉"那样的老水手才有的眼神观察着水情，用还有些稚嫩的声音告诉我，自己姓李，刚上初一，从小就是泡在这"黄汤汤"里长大的。他这是借暑假，帮爷爷的忙，跑跑"水路"上的营生，顺便挣几个学费钱。男孩儿口气很轻松，好像这风里浪里是家常便饭，玩耍着就做了。我提出让孩子唱上几句"扳艄调"，他翘着嘴角淡淡地笑笑摇摇头。我问，听老辈子人唱过吗？他还是摇摇头。我抬眼逆着阳光望向水面，心里感慨，是啊，眼前的一切都在改变，就连这河水都难翻起潮头浪花，还怎么会有歌声呢？已经没有生它长它的人和水土啦。那些飞溅在黄河浪尖儿上的歌唱，是这方水土上的人们曾经与自然拼斗、与生死抗争的发自胸膛里的共鸣！听听这样的歌声吧——

跑河路的哥哥挣不下钱，
脚踏船沿命交天。

天阴下雨帐篷漏，
可怜哥哥跑河路。

山羊皮袄呼啦呼啦响，
哪一天哥哥也不在河岸上。

前山后山山套山，
甚么人迫得哥哥跑河滩。
……

从北岸登上滩，迎面撞见的就是李贵雄。说是巧，其实也是必然，他开着的滩上唯一的小卖铺就在不远，每有游客上来他都以义务导游的身份第一个迎上去。这老汉已是满头白发，一脸的笑容掩饰不住满面皱褶里藏着的岁月沧桑。他见到我，收起笑容，眼神顾盼着有些迟疑，显然，我的突然到来让老汉有些料想不到，猛地一下子回不过神儿来。可不一会儿那眸子一闪明了，跃动出灯芯儿一样的亮光。他确定了是我，一把捏住胳膊，上下打量着说："小张，你回来咧！"算起来这老汉也有八十多啦，我们相识那年他五十出头我二十郎当，真没想到都这把年纪了，他眼神儿还这么好。想必这仗着的是他年轻时做"扳船汉"练就的一双击浪破险的眼睛。我满怀拥抱着已不像当年那般健壮的老汉，感受着他混合着柴禾、泥土、河水、旱烟的特有味道，任凭那干硬的胡茬刮着、扎着脸。我也说不清为什么，每次一登上娘娘滩，我总有种到家的感觉，浑身的毛孔都麻酥酥地张开了；而贵雄老汉也是一样，每次见着了都像是迎接久别回家的亲人，惹得人直想掉泪蛋蛋。

他拉着我的手，不容停留地把我领回家——眼前这座院子比二十几年前破败多了，曾经于1981年除夕夜被洪水冲毁的那间东边的屋子还是残垣断壁，越来越大的院墙豁口用树枝和庄稼的秸秆绑扎地围着，石凳石桌还是那样低矮，唯一住人的房子门窗上的红漆有些剥落……贵雄老汉见我看得仔细，解释说他一年四季享受着咧，夏天住滩上种地乘凉，冬天住发水那年政府出钱专门在河岸上建的房院，如果心情不错还拽上老伴儿动不动去包头的大儿子家住一阵子，或是外出上北京、上海等大城市转转看看。照他的话说，"这日子过得可不赖咧！"不过，这天上地下地走了一遭，到头来李贵雄还是觉着自家好。我不止一次地听他说过这样的话："这世上没有比娘娘滩更好的地方咧！"李贵雄是个豁达开朗的人，从他的脸上很难看见什么愁云难色，与人打起交道来也是个自来熟，几句话就能把陌生人揪住。说实在的，在他身上表现出来的正是那种在黄河里搏风击浪、遇险不惊的人称"船老大"的艄公方有的气度，也只有有了这种拨云见日光明在望的坚定、自信的气度，那承载着"扳船汉"命运与希望的一艘艘船才会一次次地死里逃生，一代又一代的无畏地航行在这大河上。

记得我们第一次见面是1985年，也是这么个季节，我们背着"走西口"的行囊登上娘娘滩。那时的滩上很安静，想见个人光喊是喊不见的，你得专门进家进院去找。大夏天的，没甚当紧的营生，更是悄无人迹，静得只能听到知了叫了。我们两个不速之客，正四顾茫然地不知怎是好歹，忽闻远远传来"咚、咚"的敲打声，于是寻声疾步而去。走过大约百米，拐过一座小沙丘，距河堤不远处的滩涂上一条新造好的船倒扣着，有三四个成年汉子正挥动着手中的木槌在上面有节奏地敲敲打打，他们或搭件无袖小褂或光膀袒胸，插科打诨，有说有笑，好不快活。我们好奇地凑上去，与他们打着招呼。一个汉子停下手里的活儿，拎着木槌儿迎上来，一双透着洞察力的眼睛上下打量着，警觉地询问陌生人的来路。我们道出自己的身份，并讲明此行的来意。那汉子张开粗壮的手掌抹了把紫红色的脸颊，又伸到我们面前，一副见过世面的神情道：掏出证证，俺验验。我们只得老老实实照要求去做。他接过记者证，对着照片抬眼低眉地相了几眼，又似识不识地磕磕巴巴念着我们并不难识的名字对号入了座，这才散去一脸的狐疑露出了笑容。这就是第一次见到的李贵雄，在日后我们撰写出版的长篇纪实文学《西口大逃荒》一书中是这样记述当时情景的："这是在……？捻船。什么是捻船？就是捻新船的缝儿，怕漏水。回答我们问话的是一位五十多岁模样的人。他面膛紫红，头发乌黑，上身披着件布衫，袒胸露怀，看上去身子骨很壮实。经我们询问，才知道这位强壮的老人叫李贵雄，是在黄河上跑了三十多年水路的船夫。"哈哈，在那时，我眼里的他已是"老人"了，如今我也长成了他当年的那把年纪，在年轻人眼里也成老人了，而他岂不活成"老老人"啦！真是光阴如穿梭，拽都拽不住，没奈何啊！

也正是那一次，我第一回见到了黄河船夫的真模样，从他那里听到了"跑河路"的那些事儿。李贵雄介绍说，造船、扳船在娘娘滩历史久远，成年人都会做这种营生，这也是老天爷让他们活命的出路，家家都靠船吃饭。每年春天一开河，汉子们就该出门儿了，受雇"拉大船"逆水而上"走西口"，近到包头、后套，远上宁夏、甘肃，运绸缎、布麻、茶砖、铁货、日杂等等，装粮、棉、皮毛、药材、吉兰泰盐等等各种货物，可以说凡是用得着运得动的、可流通能交易的通通都有，只要商贾、东家瞅准了是赚钱的买卖，叫运甚运甚，总之是运上装下，满载而渡，绝不放空。这种营生不同陆地上的，不是人人想吃就吃得了这碗饭的，危险性极大，天气、水情变化无常，稍有不慎就会丢掉性命，因此就有了"登上船沿命交天，生死拴在纤绳线"的哀叹。在这条大河上，为"讨生活"拉大船的不知有多少人只见去不见回，连尸首也捞不着。也正因如此，造就了"扳船汉"那种特有的性情和气质。照他们自己的说法，每次一上"水路"，家里人都是泪涟涟的，虽嘴上说"快点回来"，可哪个都知道这有可能是去"黄泉路"的送别，谁也不敢保还能再活着回来。被穷困生活逼的，人再没有点儿豪气和胆量，真端不起吃这口饭的碗！

李贵雄说，"跑河路"讨生活，实在不容易，那真叫是拿命换咧！扳船汉们光提上性命不行，还得跟时间赛跑，因为吃的是季节饭，一年里的行船期一般是四月至十月，其中四到七月是比较顺利的"好时候"，而一过七月"河就发赖咧"，到了十月就开始上冻流凌了。有俗语这么说："四、七月的河路，九、十月的羊肉。"河面一封冻，水流不动了钱也挣不到了，所以"跑河路"的不少人每年都赶着更早的开河流凌期就上船了，直到封冻前又一个流凌期来到了也不下船，趁飘着冰凌的河水还能流动再跑上一半趟，多挣几个钱。想想看，在这样的环境里卖苦力，水冷风寒，起五更睡半夜，再加上食不果腹，人即使是留下条命，可到头来也会落下一身的病痛，有的一辈子卧床失去劳动能力，有的终生单过不能生育。李贵雄说，"跑河路"的人只要在船上都赤条条光着身子，不是没衣服穿，而是不能穿，风疾水冷，如果穿着的衣服被打湿，那贴在身上的寒阴潮气更是渗骨浸心得难受。有句谚语这么说："拉大船，五更耍水，拔断儿根。""儿根"是什么？就是男人的生殖器嘛；"拔断"，冻烂了或者是失去生育功能。

在黄河上有一处地段不能不提，那就是老牛湾。凡是采访到的跑过"河路"的人，无一不谈到它，甚至多少年都过去了还是谈"牛"色变，惊悚不禁。照他们的话说，这是黄河上最险要的一段，湾曲涧深，山路崎岖，暗礁密布，水流湍急，是"人见愁"，是"鬼门关"。船航行到这里，不是光凭力气就行了，更显示的是"船老大"艄公的本事和能耐，全船人只听他一个的号令，即使是天王老子在这儿，也只有做"龟孙子"份儿。无产阶级革命导师恩格斯对此早有研究，并取得了社科成果，不妨翻开他的著作《论权威》，看看我们如同航行在大海之上的人类社会是多么需要一位"船长"的权威领航啊！大道理小道理，其实归结到一起都是一个理。在这儿，让我们来听听黄河船夫们以生死而明理唱出的《船家令》的诠释吧——

> 黄河浪子上大船，
> 三令五规代代传。
>
> 船令要比军令严，
> 不懂船规命交天。
>
> 上船先说第一令，
> 艄公就是船头圣。
>
> 船头圣要知天命，
> 风云变幻听天令。
>
> 听天令，听地令，
> 神门鬼门好通顺。
>
> 船家三令是根本，
> 船上五规要记清。
>
> 第一规要好水性，
> 学会鲤鱼跳龙门；

第二规要神志清，
不许丢眉又打盹；

第三规要敬河神，
难关险关拜神灵；

第四规，船法硬，
生死同交一路人；

第五规，棹为宗，
棹杆不许乱舞弄；

天下棹手拜弟兄，
海角天涯有亲朋。

老牛湾正是这样一块对真、假"船老大"的试金石，它给出的自然条件十分苛刻，拉大船的纤夫们只能攀在两岸陡峭的岩石上，脚蹬乱石匍匐前行，而且注意力必须格外集中。步调一致听"船老大"的号令，否则稍有不慎，必铸大错，刹那间全船人的性命便会连同大船一同被滔天浊浪掀翻进滚滚激流之中……性命攸关，非同儿戏，于是，老牛湾人在这"河路"上便有了独特的角色。

2008年，已七十七岁的村民魏存良保回忆说，老牛湾河道狭窄，水急浪高，当年不论是上去的船还是载货下来的船，到了这个河段多数都要停下来，因为它的船夫水手不熟悉河道水情，必须出重金请老牛湾的艄公上船指挥扳船。魏存良保老汉谈及这些往事，老泪泡着的眸子"亮光花花"，脸上露出想必像当年一样自豪的神情。他说，从老牛湾到龙口这段几十里的河道，几道弯儿几道拐闭着眼睛都数得清，哪有暗滩险礁、哪里流急浪漩都装在肚里；在这段河道上行船，左扳几棹右扳几棹，手扳还是脚踏，都有一定的程序、套路，如果一不小心倒乱了顺序和方寸，那船就必会撞礁沉没，连人带船卷入黄河。甭说是不熟悉这里水性的外乡人了，就是摸着河道长大的老牛湾人也不知有多少为吃这口饭而丧生。靠墙根儿坐着的魏老汉，用手抚摸着自己暴一串串疙瘩的静脉曲张的老寒腿，眯起眼数了会儿告诉我，全村子像他一样当年在黄河上扳过大船的人只剩四个了。如今，老牛湾人再不会像父辈那样在"急流险浪"里讨命了，下游建起的龙口水电站蓄起的黄河水已变得清澈碧绿，水位也比原来河道抬高了50多米，灌满了老牛湾那著名的"黄河入晋第一湾"。这里的人们开着机船在水不扬波的黄河里围网养鱼，还轻轻松松挣着摄影发烧友和慕名而来的游客腰包里的钱票子。情形变了，老牛湾人嘴里的"山曲儿"的味道也变了，像魏存良保唱的那"三春期黄风奇怪地刮，走口外那哥哥咋离开家"的凄凉调难觅了，唱出的大多成了这样的调调：

河愣愣低来船沿沿高，
河畔的妹妹水色色好。
……

眼下，娘娘滩也因上游建起龙口水电站而带来了变化。具体说，不是滩上的自然环境变了，而是人们的思想观念变了。我这次上滩见到李贵雄，他和滩上留守的老人正为这事发愁，据说已在村支书的召集下开了几次会，可还没吵出个结果。说白了很简单，随着城里人跑出来得越来越多，旅游热也波及了这地处晋西北黄河上的娘娘滩。而又由于上游建起了电站，白天水流遭控，上滩无需像从前涉急流险滩的那么难了，水浅得没不了头顶，于是就有村民提出从岸上连接公路直截了当修桥上滩，设立门卡售票，增加旅游收入。这种提议遭到了一部分村民的强烈反对，这些人多是上年纪的人和在外务工的年轻人，他们的理由很纯粹，老年人说为的是个清净，年轻人说要保护原生态。就这么地讨论来讨论去，就是说不下个长短。我探问李贵雄是什么态度，他似乎模棱两可，有些没了他原先的那爽气，说想再去听听老伙计李二顺的意见。正好我来了，也知道我也要去看他，就一并去好了。的确，这是我每次上滩的"规定动作"，必得见的两个人，而且先后顺序都是一样，一如我第一次上滩相见相识他们的次序。记得有一回我来滩上，恰遇李二顺去女儿家走亲戚了，没见到，那个心里不舒坦呀，回了省城好久了还是遗憾得放不下。

李二顺是上世纪八十年代娘娘滩村的党支部书记，虽说年龄比李贵雄小七八岁，可人沉稳老成，性情温良和善，讲起话来不急不慢、不高不低、笑眉笑眼的，句句都往人心里去。当年，李贵雄把我们这"走西口"的记者领到支书家接洽时，就看得出他对这位滩上的"当家人"很服帖。现今虽然李贵雄已是八十好几的人了，见了李二顺还是与从前一样，好像一进人家的院子，浑身的"火"气顿时就没了，声调也随之柔和下来。这时，李二顺正和老伴儿在那棵已粗壮了许多的海红果树下忙活着，见是我来了，伸着那双干瘦的枯手迎上来，弯着月牙状的眼睛里闪动着泪花，直勾得人心里一阵阵酸楚。他招呼我坐下，嘴里不停地问："你都好吧？老人孩子都好吧？"说着还不忘示意老伴儿放下怀抱的小外孙，赶紧沏茶端瓜果，"有甚都上来。"一旁的李贵雄上手相帮，禁不住感叹："小张你来咧，看把个二顺他喜的！"

是的，李二顺从一开始就是这么待我的，八五年头回上滩时的那碗宽面条就是他和婆姨给做的，现在仿佛还能感觉到它的热度和味道。也就是在那次边吃边聊中，我知道了他也是当年"跑河路"的扳船汉和发生在黄河上的故事，也听他讲述了娘娘滩那奇异的历史传奇。相传，两千多年前，汉高祖刘邦死去，吕后专权。当时，身怀"龙胎"的薄太后为逃避陷害，在汉将李广秘密护送下隐居到这个滩岛上并生下汉文帝刘恒。后因怕母子同遭不测，文帝被藏到上溯八九里的外的小石岛上，薄太后每日涉水喂养。直到吕后倒台，汉文帝刘恒携母返回京城重振汉业。因此，后人就把黄河上的这两座滩岛分别称为"娘娘滩""太子滩"。据《河曲县志》记载："娘娘滩时有古瓦出土，长的尺五，宽的六寸，整瓦呈半圆柱形，瓦当为整圆，'万岁富贵'四字汉隶清晰可辨，敲起来咚咚作响，看起来古色斑斓，可磨很好的砚台……"云云。另有古人留诗曰：黄河迤逦渺无端/忽向中流露两滩/麦穗连云迷雁字/杨花坠雪冒鱼竿/平安惯引扁舟渡/富贵时寻片瓦刊/太子娘娘看不见/至今犹说汉宫残。

听身为村支书的李二顺介绍，当时滩上居住着35户人家，共122口人，全部都姓李，是汉"飞将军"李广的嫡传后代。这一点，他很看重也很引以为骄傲，照他的话说是"对外一村人对内一家人"。然而，今天犯愁的事找来了——先是随着市场经济的大潮也涌上娘娘滩，人们面对摆渡赚钱的营生认真起来，全村十几条船再也不能像以前那样想划就划出去了，村委会根据村民的意见制订了相关制度，每天只能有三户人家的三条船能在河里载客航行，大家依规三船一组轮流摆渡，有客不能抢有钱大家赚。当然如果运气不好，遇有一天无客可摆，那你也只得自认倒霉了。没想这出船的事刚"摆平"了，又有人提出建造水泥桥的主张，说这也是响应大开发大发展的号召，有水快流，开源致富。这可是不仅关系到当下村民的大事，也是关系到娘娘滩李家祖宗的大事。现任村支书李四憨不敢轻易做主，只得请德高望重的老支书李二顺出面主持，否则难以压得住阵。而李二顺对此有自己的看法，持坚决的反对态度，一听李四憨的意思，温厚的绵性子腾地也着了火，门一闭谁也不见，就是一辈子过命的老哥哥李贵雄来也不松口，反而还要让他和自己站在一条船里撑起反对建桥的竿子。这不，今天我的到来，李二顺又让李贵雄逃不过了，非逼他说出个三长两短的准态度来。其实，李贵雄的心思在场的人都看得清清楚楚，哪头也不沾边儿不得罪，最后定下个甚就认甚。唉！贵雄的脾气已不像当年，毕竟老了……

正在我们满院子说笑的当口，一个五十岁左右的汉子憨憨笑着进来。这正是现在的村支书李四憨，他是再一次登门请老支书"出山"的，说，如果行晚上就组织村民代表开会。李二顺不吭声了，沉默了好久，最后还是李贵雄的一句话打动了他："事再难，也总得有人出面解决呀！"二顺应下了，说，晚饭后娘娘庙后的滩上见。李四憨如释重负地赶紧走了，忙活着通知参会的人。猜得出，他是生怕这刚抓住的"太阳从西边出来"的机遇，老支书一转眼回过神儿又变了。

时候不早了，我谢去两位老人家的一再挽留，起身来到北滩的码头。李贵雄和李二顺一边一个拉着我的手，一路相伴相送。我在别人不注意时，掏出几张钞票，分别塞进老人的手心里，这是每次上滩我必做的事。说实在的，我一个城里来的人，能帮他们什么又帮得上什么呢？对此，我常常心存愧疚。还是像往常一样，老人家暗暗较着劲推辞，可他们拧不过我，我也知道他们在众人前要面子脸皮薄，于是压低声音不容迟疑地说："赶快收起，让人看见咱们这是做甚咧！我是晚辈，没多少钱，也就是给你们老人家点零花。"他们不再坚持，两对粗糙的双手紧紧攥着我……

夕阳的余晖把河面染得金黄，耀眼的明晃晃的水天一色……我们不得不启动渡船返回了。只见两位老人驮背站在滩涂上，挥动着僵硬的手臂向我告别，眼睛里反射出的河水的波光湿润润的……

渡船缓缓离滩远去，船尾划出的水线一层层一叠叠展开河面，暮色中伫立着的李贵雄、李二顺突然扯开嗓子吼起来，这是我久已未闻却再熟悉不过的"扳船调"啊——

哎——，众弟兄，弯腰用力一齐来哟。

吭嗨——！

哎——，秦始皇，跑马察道修边墙哟。
吭嗨——！

哎——，你姐姐，搽油抹粉浪哥哥哟。
吭嗨——！

哎——，看只看，太阳落在西山畔哟。
吭嗨——！
……

黄河船夫号子

推船号子

领: 黄河水长流,
船儿水上走。

齐: 扳船咳撑船,
每日水上游。

领: 嗨! 众家了弟兄们好好来操心呀,嗨!

众: 嗨嗨!

领: 嗨! 众家了弟兄们拧成一股绳呀,嗨!

众: 嗨嗨!

领: 嗨! 众家了弟兄们用力一起抬呀,嗨!

众: 嗨嗨!

领: 哈哈哈哈嗨!
嗨嗨嗨嗨嗨嗨!
嗨嗨哈哈哈嗨!

领: 推开了! 推开了!
大家用力一起来!
船儿推开了!

掀船号子（一）

领：哎，众弟兄大家捧柴火焰高哟。

众：吭嗨！

领：哎，众弟兄弯腰用力一齐来哟。

众：吭嗨！

领：哎！歇一歇缓一缓大家一齐来哟。

众：吭嗨！

掀船号子（二）

领：哎！你姐姐搽油抹粉巧打扮呀。

众：吭嗨！

领：哎！大闺女爱住个扳船汉哟。

众：吭嗨！

领：哎！小妹妹穿着上那豆角角鞋呀。

众：吭嗨！

领：哎！你才是哥哥心上的爱呀。

掀船号子（三）

领：哎！阳婆一落火烧山哟。

众：吭嗨！

领：哎！二郎担山赶太阳哟。

众：吭嗨！

领：哎！秦始皇打马修边墙哟。

众：吭嗨！

领：哎！神机妙算诸葛亮呀。

众：吭嗨！

领：哎！咱河曲出了个火山王哟。

众：吭嗨！

领：哎！威震边关杨家将哟。

众：吭嗨！

领：哎！大禹治水石梯子浪哟。

众：吭嗨！

领：哎！石梯子出的好水将哟。

众：吭嗨！

划船号子

艄　　公：起棹啦！

众棹公：哎哟！哎哟！

艄　　公：停棹啦！

众棹公：静。

艄　　公：左棹扳！

左棹公众：哎哟！哎哟！

艄　　公：右棹扳！

右棹公众：哎哟！哎哟！

艄　　公：靠岸啦！

众棹公：欢笑。

灰天年逼下个跑河路

大红裤带五分宽，
今年想起个扳大船。

打鱼划划钓鱼钩，
灰天年逼下个跑河路。

未曾开船要操心，
拿起杆子蹬几蹬。

上水船，不用棹，
拿起杆子河塄上拗。

石嘴山，绣花塘，
上水拉船好天长！

四七月河路上了天，
九十月流凌受可怜！

水流急来波浪翻，
哥哥扳船好为难。

山尖子浪真难破，
风顶浪大心难过。

站在船头上往前瞭，
哥哥难活谁知道？

怀抱上棹杆河塄上睡，
挣不下银钱活受罪！

拿起叉套抖开绳，
也不知道临走说下些甚？

左一只划划右一只船，
为了亲亲跑大船。

扳船汉的日子拿命换

嗨！船儿搁滩行走难，
弟兄们，咱们大家来推向呀！
嗨嗨来推船。

嗨！船儿是咱的命根子，
弟兄们，全家老少凭它嘞呀！
嗨嗨凭它嘞。

嗨！走河路好比吃鬼饭，
弟兄们，扳船汉的日子拿命换！
嗨嗨拿命换。

嗨！这一只船太沉重，
弟兄们，咱们大家齐用劲呀！
嗨嗨齐用劲。

地头蛇缠住活不成

大河湾湾"河保营"，
富的富来穷的穷。

六十里名山四十里水，
一百里天地属土皇帝。

张瑞八贡于务本，
地头蛇缠住活不成。

黄河码头大字号，
要命绳把咱的脖子套。

吃饭的人走鬼路，
穷就穷在跑河路。

夜发山水淘河凌，
穷就穷在揽长工。

拉起大船运米粮，
拉船的天天饿肚肠。

有钱的放屁油了裤裆，
咱穷屎打得炕板子响。

说起个穷咱实实的穷，
裤带上穷得打补丁。

裤带上打补丁咱穷断腰，
抽筋吸髓肥了富豪。

南园北园好生园，
三十里河湾肥一渊。

山水泉水天河水，
谁能洗清这道理？

骂一声财主好黑心，
可把个河曲刮地穷。

大闺女爱住个扳船汉

俺们这地方靠河畔，
大闺女爱住个扳船汉。

刮起东风扯起篷，
爱上哥哥不由人。

扯起个篷，起了风，

船沿上蹬跶要小心。

黄河浪大水又深，
上船下船要操心。

打鱼划划回水湾，
妹妹坐上哥哥扳。

脚蹬住划划手扳住船，
还有两句知心话没拉完。

脚蹬住划划手扳住棹，
毛葫芦芦花眼眼往后瞭。

船到当河风摆浪，
要死要活相跟上。

妹子不要多操心，
十六上撑杆子到如今。

咱这地方靠河畔

（一）

弯弯曲曲黄河绕过河曲县，
绕来绕去转了九个弯。

绿茵茵的柳树长满河两岸，
长辫辫的那大姑娘在树林里站。

大闺女在树林林里往外看，
毛花眼眼就瞭那些扳船汉。

扳船汉们就往那树林里眊，
一瞭见小妹妹就真魂魂跑。

扳船的哥哥不要瞭，
小心你站不稳往水里掉。

（二）

咱这地方靠着黄河畔，
大闺女们爱上那些扳船汉。

哥哥天天把船扳，
一瞭见小妹妹就心花花乱。

哥哥你操心把船扳，
不小心就怕你打烂船。

哥哥瞭你打不烂船，
就怕小妹妹不把哥哥看。

心里头有哥哥不用看，

打伙计那桩事装在心里边。

（三）

一只只大船飘白帆，
八个拉船汉前边牵。

光膀膀拉绳赤脚板，
白生生毛巾头上挽。

步子一劲力用全，
人人拉出满头汗。

上了老牛湾进了鬼门关，
板凳沟命交在阎王殿。

真魂魂飞上九重天，
人人磨成血脚板。

（四）

扳船的哥哥上了岸，
小妹妹就在河畔上站。

哥哥拉住小妹妹的手，
树林林里抱住亲口口。

不嫌哥哥身上泥水多，
就怕哥哥你忘了妹妹我。

羊肚肚毛巾白兰皂，
小妹妹拿住一面面笑。

七九河开八九雁飞，
咱二人甚时候成婚配。

贰

唱曲儿容易叠调难，

学会唱曲儿解心宽。

河曲就是个唱民歌的地方，到了这儿如果不听上几首，那才是枉来一回呢。

我的河曲之行，每回都是伴着歌声来去的，有时欢、有时笑、有时泪、有时叹、有时默默无声……对于生养在这方水土上的人来说，"山曲儿"就像生命频谱的律动一样，终其一生相伴相随。可以这样说，它是河曲人对生活的别样表达，是直接从内心透出的最本真的抒发。

> 唱曲儿容易叠调难，
> 学会唱曲儿解心宽。
>
> 三十六张白纸糊斗方，
> 唱曲儿顶如说比方。
>
> 唱曲儿就是哥哥出口才，
> 你把那好曲子唱出来。
>
> 你要是唱曲儿拉开音，
> 唱上山曲儿大家来听。

就是这么一首"两句头"的简短民歌，便把河曲人为什么唱歌（"解心宽"）、怎么唱歌（"说比方"）、唱什么歌（"好曲子"）、唱给谁听（"大家来听"）等等都表达得清清楚楚、明明白白，而这些既是基本的也是终极的问题，在专家学者那里，却是要洋洋洒洒千万言以至用其毕生来探究的重大课题。河曲人说话特别吝惜，平常别人用几句话方能讲清楚的事儿，从他们嘴里说出来却被高度概括成了简单的一半句，甚至几个字。如形容一个人孤苦伶仃的艰辛感受，只需两个字："孤哨"。我上世纪八十年代第一次来到这里，经常被他们像压罐头似的"浓缩"了的

"本地话"搞得云里雾里，很多时候要靠翻译才能弄明白。因此，我这样总结其特点：河曲人说话使用的是电报语言。而民歌这种方式恰好成了这富有嚼头的特质语言传情达意的最佳载体。一首乡野飘来的民歌，道出的却是丰富而至理的内容。民歌，是河曲人植入骨髓的生活凝练和情感律动。

河曲县城本来就不大，而与我结识的民歌手又多住在县招待所隔街的文化馆周围，只要招呼一声，他们便没有二话地"呼呼啦啦"来了。每次来河曲，我都会邀约他们聚聚，凡是在家未外出的都围在一张桌子上吃喝一顿，"闹腾、闹腾"，与这方水土交往初浅的人难有所知所觅。这里有个习俗，只要是挚情好友席宴相聚，有酒就有歌，你唱我对，酒流曲儿淌，好个畅快！我很享受这样的场面。每逢这时，人人都裹缠进了这情意绵延的"山曲儿曲儿"里，或喜或泪，或醒或醉……

华灯初上，招待所的一张圆桌上已拢满了人，他们是我邀来的老相识——老者年届七十有余、少者四十往上，都是县里有声望的"歌唱家"。众人面前，贾德义总是最活跃的一位。他原是县文化局领导兼文化馆馆长，可身上没有一丝的"官气"，瓶底儿似的眼镜架在鼻梁上，头发乱糟糟，胡子拉碴的，多会见了都像个忙着跑场子的戏班子的班主。他从骨子里就是游走四方的"艺人"禀性，那血液里流动着的感性、活跃的细胞，只要一被触碰便会燃烧起来。老贾等不得你讲什么"开场白"，二指一捏端起酒盅，起身站立，伸出另一只手翻转挥拍先开了腔，那神情、状态绝不像上了七十岁的人——

> 一壶壶烧酒两个碟碟菜，
> 感谢你掌柜的好招待；
>
> 不唱三声唱两声，
> 叫人家还说咱就没出过个门。

一曲儿唱罢，大家盈盈笑脸映在酒中，端杯起身，齐饮而尽。这是晋陕蒙交汇区人们约定俗成的"规矩"，只要是歌唱得好，大家就举杯共饮；如果是二人对唱，一应一答，两句一个回合，谁接不住罚谁酒，都唱得上来就对饮；如若你来我往，应对精彩，歌至一段，曲儿至高潮，席间众人便会欢声赞扬，邀杯干尽。可别小看了这一盅烧酒，人生百态、世间冷暖、天地乾坤都融于其中，喝下去的是热辣辣的生活滋味，唱出来的是千转回肠的心绪情愫。这样的场面已不仅仅是表征习俗了，它鲜活生动地反映出了农耕文明与草原文明碰撞、交融所产生的独特地域文化。孕育了这一文化的母体正是长期生活于此的汉蒙民众，催生它并伴其成长的是上溯可自元朝"西去度荒"五百年的"走西口"生活。正因如此，我们在1985年便第一次提出，将其形成的文化现象命名为"西口文化"。

　　今晚，这桌席的"歌头"又是贾德义了，他常常会主动担此重任。"歌头"即众人之中带头唱歌的人，其作用是领唱、引歌、亮第一嗓子。能扮得起这个角色可不简单，不仅肚子里的歌多，"唱甚会甚"，还要有一定的"理论储备"，什么都能说出个"道道"来。老贾抿一口儿，喝干了酒，随手抹了把布满黑白胡茬的嘴，解释说："这曲子是蒙汉调，主要唱在河那岸的内蒙古，过去在小酒馆小饭店里多能听到。不过，那都是即兴的，见甚想甚就唱甚。"贾德义所说的"蒙汉调"是上世纪早期以前流行于包头、后套、鄂尔多斯一带的民间小调，仅从名称上就不难看出这种艺术形式与蒙、汉两族有着密不可分的关系，可以说它是两族人民长期交往共同创造而产生的。据此，足以见得两种文化在这方地域交融的深度。

　　歌一开了头，自然得有人应，不能让断了音儿，倘若无人续接那将是歌手的莫大耻辱。因有事缠身，急慌忙抢赶来仍迟到了的王永茂自觉亏理，闲言少叙，抢先应上了河曲的"爬山调"——

哥哥唱曲子怪好听，

好倒像二弦锯胡琴。

永茂十几岁就进了县"二人台"剧团，凭借天生一副男高音的漂亮嗓子，曾是唱红黄河两岸的"名角儿"。如今，他人至中年，底气依旧十足，爬上的高音儿好似要挑穿房顶。

贾德义见有人应对，而且还是自己主阵文化局时招入的队员，愈发抖擞起来，手指敲击桌子的棱沿儿，有板有眼对唱道：

哥哥唱曲子不好听，

你给哥哥我拉后音。

面对前辈，永茂目光里露出尊崇笑意，嘴上不敢有丝毫怠慢，紧接着调门儿又迎上去：

我给哥哥你拉后音，

三调三弯才怪好听。

贾德义更上劲了，干脆用手掌拍击桌面，扬直脖子回应：

红石榴开花丝穗穗，

咱二人唱曲儿一对对。

虽说这是老曲儿老词儿，可从不同人嘴里唱出来的意趣都别有味道。他们因时、人、情、景等等的不同而当场"自由发挥"，每每都有令人耳膜一震的新意与变化。老贾与永茂的对唱赢得了满堂喝彩，大家烧酒下肚曲儿上心头，人人都抖开了嗓子。于是，这餐桌变成了打擂的歌台，你吟我唱，一附一和，此起彼伏，一首牵着一首、一曲儿叠着一曲儿响彻整个屋子。

……

一方水土养一方人，大家唱着唱着就自然而然地拐到了表现"走西口"生活的歌曲上，这些"泪蛋蛋腌出的"曲调、唱句早已深深植根于河曲世代人的心中，成为流淌在他们血液里不可分离的生命基因。河曲民歌是在长时期的不同历史背景及多种条件下产生并发展的，而真正形成一种被社会公认的在一定区域内有广泛影响力的表演形式，或者说是被学术界承认的独立艺术门类，还要归因于近几百年来越来越盛的"走西口"生活。由于流动、交融，民歌从内容到表现形式都得到极大的丰富和演进，特别是围绕"走西口"的特定主题，人们将生活的种种体验及喜怒哀乐的情感表达都融于其中，再经过众人口口相传，不断补充、加工、提炼，最终达到对共有生活的感悟认知的共鸣，因而形成了以二人台《走西口》为代表的庞大的主题性歌曲体系。

可以说，只要是"走西口"所涉及的生活，从民歌中无一遗漏地都能听到。我们在1985年徒步"走西口"采访回来后，曾把收集到的民歌整理归类，发现那一首首出自众人之口、情景不同的"山曲儿"已不仅仅是乡亲们所说的"为的是解忧愁、解心宽"那么简单了，而是一部以音乐表达方式真实记录 "走西口"生活及苦难的历史。如是，你便不难理解了，在河曲，只要遇有像老友亲朋聚宴这样的"歌友聚会"，一经搭上了"走西口"这声儿腔，就好似"水流千里归大海"一样收不住场了。

> 提起哥哥走西口，
> 止不住小妹妹泪蛋蛋流。
>
> 一把拉住哥哥的手，
> 说下个日子你再走。

一把拉住哥哥的手，
该叫你在呀该叫你走。

你要走来我不叫你走，
揪住你胳膊拉住你手。

揪住你的胳膊拉住你的手，
说不下个日子我不叫你走。

扯烂你的袖口我给你缝，
这一遭口外你走不成。

　　在民歌里，"走西口"从哥哥、妹妹淌着泪蛋蛋的一拉一扯中开始了。如此凄惨的场景，在从前那年月的河曲家家都有。"走西口"是春出秋回，每到"三春期黄风天天刮"的季节，男人们都将告别亲人离家出走。这时，一眼眼窑洞前尽是妻子送丈夫、儿子别母亲的情景，就像民歌里唱的"背起铺盖哭上走，泪蛋蛋滴得我抬不起头"。记得那年采访楼子营镇辛家坪村的民歌手辛礼生时，他说："河曲这地势，男人是家里的顶梁柱，一走就塌咧！女人不愿意让走，男人也不想走，可没奈何呀！穷，不揽长打短挣下点钱可咋活啊！"辛礼生回想起年轻时跑口外的事"心颤哩"，他这样唱离家时的纠结——

叫一声妹子你不要哭，
哭得哥哥心难活。

守住妹子倒也好，
挣不下银钱过不了。

再不要难活再不要哭，
谁家的亲亲常守着。

一对对蛤蟆井沿上蹴，
哭成泪人人怎叫哥哥走。

"送男人出门，心里最难活的是女人。"南沙宨村有名的女民歌手狄
兰瓣这样说，"男人一走至少一年，死活连个信也没有，这一走不知还
能活着见着不。所以，把男人送走，女人总要赶紧爬上自家窑洞屋顶多
眊几眼，直到连人影影瞭不见了还瞭……"这种情形下，女人嘴里唱出
的山曲儿深情而悲凉——

山顶上刮风树林林响，
临走你才把我心卷上。

你走西口我上房，
手扳住烟囱泪汪汪。

哥哥走了妹妹瞭，
越瞭越走越远了。
哥哥走了二里半，
小妹妹还在房檐上站。

风尘尘不动树叶叶落，
真魂魂跟上你走了。
……

告别亲人，远离故土，为生活所迫的"走西口"人踏上了"难捞探"的艰辛路途。他们要渡过黄河，经陕西省府谷县古城乡的"口子"，入内蒙古鄂尔多斯（旧称伊克昭盟）的纳林，穿越库布齐沙漠进达拉特旗，再到达"走西口"人中转集散地包头。这是条先辈一代代踩踏出来的古道，被十分浓缩地称作"紧七慢八"，即去包头走得快要七天腿脚慢需八天，民歌是这么唱的——

头一天住古城，路走七十里整；
虽说路不远，跨了三个省。

第二天住纳林，碰见个蒙古人；
说了几句蒙古话，甚毬也没听懂。

第三天翻坝梁，两眼泪汪汪；
思想起小妹妹，痛痛哭一场。

第四天沙蒿塔，拣了个烂瓜钵；
拿起来啃两口，解凉又解渴。

第五天珊瑚湾，遇见个鞑老板；
问一声赛拜奴，给了碗酸酪丹。

第六天乌拉素，扯了二尺布；
坐在房檐下，补补烂皮裤。

第七天长牙店，住店没店钱；
叫一声长牙嫂，可怜一可怜。

......

　　"紧七慢八"来到包头，对多数"走西口"的人来说这仅是"暂存站""歇脚地"。他们一般要在这儿停留一两天，做些零工短营生，挣上点盘缠再分散各路，去后套、五原、大青山等地，甚至更远的地方谋求各自不同的生路。黄河边的五花城是个"地又瘦又赖"的穷村子，过去年年都有大批"少食无燃"的百姓跑口外。1985年，我们在村西头的一眼窑洞里见到了村人举荐的"走西口"代表王老汉。他当年六十多岁，跑了三十多年口外，几乎做遍了所有"逃荒营生"。照老汉的话说是："营生做遍，穷死无怨。"其实，这都是跑口外做苦力人苦中作乐的自嘲。不妨，让我们来听听他描述跑口外做"营生"的歌谣，从中不难看到逃荒人的苦难——

　　　　　　在沙梁锄麻子，
　　　　　　晒痛脖筋。

　　　　　　住沙滩睡冷地，
　　　　　　头枕砖头。

　　　　　　在荒盖掏根子，
　　　　　　自打墓坑。

　　　　　　到后山拔麦子，
　　　　　　两手流脓。
　　　　　　到后阴拉骆驼，
　　　　　　自带囚礅。
　　　　　　进后套挖大渠，

二鬼抽筋。

大青山背大炭，
压断背筋。

黄河上拉大船，
拔断儿根。

高塔梁放冬羊，
有泪难流。

东三天西两天，
无处安身。

饥一顿饱一顿，
饮食不均。

扔妻子别父母，
实在冤心。
……

"异乡孤人谁可怜！"就在男人为了全家生计而跑口外受苦受难的时候，守在家里的女人同样难活，携儿带老，挑水、砍柴、挖苦菜……家里家外甚都做。累了一天，到了夜深人静，女人的心还歇不下，失神望着孤灯只影，"牵魂魂"地惦记着自家杳无音讯的男人。南沙岕村的樊彩兰就曾以民歌倾诉了这样的内心独白——

大雁回家孤雁飞，
你走口外扔下妹妹。

阳婆一落点着灯，
灯看我来我看灯。

一对对枕头花顶顶，
一床床盖体(被子)半床床空。

提回盆盆顶住门，
摊下枕头短下一个人。

人家红火一串串人，
我好比孤雁入不了群。
……

奔波于"口外"的贫苦人，辛辛苦苦一年或几载的劳作，到了也未必能落下个"好下场"。每至深秋季节，也是返乡大潮涌动的时候，走西口人或怀揣血汗钱或肩扛背驮粮食往家赶，个个都想早些回到久别的亲人身边，老老少少热炕头地过上几天舒坦日子。然而，这回家的路并非坦途，拼死拼活挣来的"财"兴许是引来的"祸"。在库布齐大沙漠的西口古道上，常常埋伏着土匪拦路抢劫，不幸遇上的走西口人输掉钱财尚算走运，弄不好有人甚至会丢掉性命，落得个"人财两空鬼魂魂游"。河曲县岱岳殿村的二人台艺人李法子，就把自己跑"口外"卖艺谋生的生活及遭匪劫难的经历这样唱出来——

猫儿不急不上树，

唱曲卖艺糊口肚。

学会个唱曲儿穷打闹，
背起行头溜后套。
十六岁学会个打玩意儿，
张口饭吃在两嘴皮儿。

拉起四胡哨起枚，
唱起曲子刮野鬼。

低三下四进高门，
听不顺耳就挨棒棍。

穷人唱得穷心心气，
到处受人家富人的气。

走官场呀串"宝局"，
累死累活难讨吃。

跑一年口外卖一年艺，
强强地挣下身绵皮。

讨吃回来到沙蒿塔，
被土匪刁抢浑身剥。

走口外穿回双烂不塌塌鞋，
老母亲看见泪涟涟。

再不让卖艺刮野鬼，
吞糠咽菜守在娘眼皮。
……

　　然而，苦难深重的"走西口"人也有快活的时候，每到"挣下点银钱换回点面，匆匆忙忙往家返"的季节，当他们闯过险途安全回来时，就会唱起曲调轻快的"乐意调"，原先眼中"灰塌塌"的景物因此也变得美好起来，自己那贫瘠的乡村成了"青山绿水一座城"。辛礼生用他那比世界歌王帕瓦罗蒂还高八度的嗓音，动情地唱出当时返乡的心情——

割倒了糜子收倒秋，
跑口外的哥哥往回走。

前山后山二年整，
挣下了盘缠转回程。

三百里明沙二百里水，
五百里路途回家眊妹妹。

水流千里归大海，
人走千里蓝回来。

不大大的小青马多喂上二升料，
三天的路程两天到。

　　五花城村的王老汉也用民歌道出了他当年回来时的喜悦——

千里雷声万里闪，
远路哥哥往回返。

一上坝梁往南看，
远远瞭见河曲山。

瞭见山来真高兴，
三步当成两步行。

远远瞭见五花城，
一路上盘问我家里的人。

再看看这时节的女人，当见到跑口外劳作的男人活着回来了，那重逢的欢愉难以言表，"泪蛋蛋打扑往外掉，又是哭来又是笑"——

开开门来瞭一瞭，
跑口外的哥哥回来了。

风尘尘不动树梢梢摆，
哪一股顺风刮回亲亲来。

夜影影下来认不得个人，
我想也不想是小亲亲。

双手手铺开二五毡，
接待咱的亲亲当如官。

跑口外的亲亲回了家，

小妹妹的心上开了花。

……

歌稠酒酣，满桌人一曲儿一杯都喝高了，可抒怀的情致未减。自称不擅唱"山曲儿"的时任忻州市委宣传部副部长张森也不再"持重"了，晃着高挑的身子，频频举杯高歌。其实，我一开始就知道他是在"装"，本是河曲人又在旧县镇当过书记，不会唱曲儿，鬼才信呢！不过，不论是歌还是酒，他怎能敌得过在座的同乡呢，只被"集中火力"了几个回合便醉得唱不成调调了。

见此情景，从来都是从头唱到尾，被人们叫作"歌疯子"的贾德义有些微微晃悠地站起身，拍拍头埋在胳膊里的张森，调皮地笑笑，口气诙谐地拉开腔儿——

烧酒本是五谷水，

先软胳膊后软腿。

烧酒本是白龙马，

没有三下两下你拿不住个它。

在大家开心而和善的笑声中，贾德义刹不住车了，酒喝下一杯再斟满，年轻时的精气神好像一下子都找回来了，近视镜背后那两只眼睛一眯一睁地继续接着唱——

酒盅盅不大通缸房，

乌梁素海不大通着太平洋。

信用社不大通的是银行咧，
　　干部不大通着党中央。
　　……

　　这时，向来慢声慢语的韩运德手指微颤地端起酒盅。他是县文化馆退休职工，年近七十岁，头披白发，一辈子搞民歌收集和创作，仅他自己谱曲儿填词的民歌就有厚厚的八大本共两千多首。因痴迷于河曲民歌，他至今还是孤身一人，蜗居在旧庙一角的一间小房里。老韩是河曲民歌手中很特别的一位，在演唱方法和音乐的处理上独具风格，他唱歌时声不在高、不在亮、不在飘，而在声调的沉稳、气吁的变化、吐字的韵味。听他唱歌，特别是当他把调子委婉地拉得很长很长的时候，你总有一种被揪住心的感觉，泪水不由地就流出来了……

　　盘算起亲亲走口外，
　　泪蛋蛋流得抛一怀。

　　山在水在石头在，
　　人家都在你不在。

　　说起我难来真是难，
　　泪蛋蛋好比水推船。

　　泪蛋蛋本是心上的油，
　　谁不难活谁不流。

　　韩运德说，唱民歌关键在一个"情"字，只有用心体会到了才会感动人。河曲民歌都是从现实生活中体验得来的，表面听起来似乎没啥出奇的，但要细细品咂就会觉得很有嚼头，其实它是经过人们千锤百炼得来的，声声字字都很讲究，也有韵味。不怪，解放初期有位大作家听了河曲民歌，完全折服了，感慨道：河曲民歌可以与贝多芬的交响乐媲美！而说到歌词，我自愧不如……

这位作家道出所有去过河曲的文化人的感叹，仅举一例便可为证。如"有"字，通常看来它并无多么奥妙，运用时也无甚不寻常之处，而在河曲民歌里有这么一句："人家都说咱二人有。"谁能想到还能这么用！"有"放在这个"句眼"上顿时意境大为不同，有什么？什么都没说又好像什么都说了，给人无尽的可能和想象空间，使文字的表现生发出了巨大的张力，极富弹性；接着，民歌的下一句却一转："可是咱二人还没揣过手。"多么妙呀，令人不能不叹服！就上面韩运德唱的那首"山曲儿"也是一样的耐人寻味——"泪蛋蛋本是心上的油"，这哪里是仅仅比喻流着的泪呢，分明是河曲人对自己民歌的形象概括，其实唱词里就有"山曲儿本是哥哥（妹妹）心上的油"之说。油，在过去那"少吃无燃"的年月可不是个简单的概念，它像金子一样珍贵，要获取它得从产量极低的胡麻籽里榨取精华。当时莫说食不果腹的平民百姓，就连日子殷实的地主老财平日也见不到几滴油星子。可见，河曲人把民歌比喻得多么深切！这"心上的油"就是人们饱经生活磨难而长久积蓄于内心的情感宣泄与抒发。正如先人在论述音乐的起源及与生活的关系时所讲的——"凡音之起，由人心生也。人心之动，物使之然也。感于物而动，故形于声……"

民歌，是来自民族心灵的声音！

附录:走西口的歌

尔下家人哭上走

自古河曲保德州,
十旱倒有九不收。

女人无奈掏苦菜,
男人被逼走口外。

缺吃短穿难糊心,
娃娃饿得成天吼。

大大妈妈犯了愁,
一家老小怎相守。

一天一顿糠菜粥,
浑身瘦得像只猴。

拿起狠心走西口,
泪蛋蛋不住往下流。

走三步来一回头,
尔下家人哭上走。

生离死别泪淹心,
好比大火浇上油。

你叫妹子多操心

你走那天没对妹子讲，
从早起我等在你半后晌。

你走那天没对妹子说，
从早起我哭到阳婆落。

你走那天刮了一场风，
黄土淹漫路难行。

你走那天刮风天，
风沙沙打了你毛眼眼。

你走那天天有些阴，
你叫妹子多操心。

你走那天泪双流，
你叫妹子真担忧。

你走那天没吃饱，
心疼得妹妹我哭了。

你走那天心烦恼，
我一直瞭到你阳婆落。

你走那天心情赖，

深知你对妹妹的爱。
妹妹既和你成亲，
你就是妹妹最亲的人。

光景逼得两分离，
好像大树剥了皮。

你想我来我想你，
隔山隔水难相会。

想你念你盘算你，
但愿你挣钱早日归。

千言万语一句话，
穷日子逼得没办法。

泪蛋蛋本是心上的油

盘算小亲亲他走口外，
泪蛋蛋流得抛一怀。

你走口外我上房，
手扳住烟洞泪汪汪。

山在水在石头在，
人家都在你不在。
你走在大青山伙房里闪，

我守在家里受艰难。

十冬腊月数九天，
深沟里担水谁可怜。

说起我难来真是难，
泪蛋蛋好比水推船。

泪蛋蛋本心上的血，
泪蛋蛋好比水推船。

泪蛋蛋本是的油，
谁不难活谁不流。

一拉一扯好难活

三春期黄风天天刮，
正遇亲亲难活你走呀。

刚刚回来又走哇，
实心实意扔我呀。

担起担担你走呀，
扔下小妹妹谁搂呀。

哥哥走呀妹子拉，
一拉一扯好难活。

十指连心怎离开

鱼离水坑树剥皮，
死好分离活难离。

三春期黄风九十月冰，
你走我在怎安身？

葫芦开花拉长蔓，
挖心要命离不转。

哥哥走呀妹子在，
十指连心怎离开？

挣不下银钱过不了

叫一声妹子你不要哭，
哭得哥哥呀心难活。

守住妹子倒也好，
挣不下银钱过不了。

再不要难活再不要哭，
谁家的亲人常守着？

一锅锅猪肉半锅锅油，
哭成个泪人人怎叫哥哥走。

一对对蛤蟆井沿上爬，
哭下了那病痛该叫哥哥咋?

笑盈盈亲亲两分开

红瓢瓢西瓜刀杀开，
笑盈盈亲亲两分开。

绿茵茵韭菜炒鸡蛋，
绵溜溜亲亲怎离转。

高山上滴水穿窟窿，
软话留不住心硬人。

东山杏树西山上桃，
一对对分成单爪爪。

红火了一夜你就走，
你真是一条偷吃狗。

你心上难活我就愁，
有三分奈何不想走。

前三天说后三天走，
走得妹妹肉呀呀抖。

后四天不走如今走，

这地方哥哥没守头。

一霎时听说哥哥走，
脚板板踏在炉圃头。
哥哥要走你不要留，
留得时长要出鬼头。

三春天黄风刮满沟，
哭成泪人人你怎走？

能走平地不爬那坡，
事眼儿箍住不由我。

插住大门放开那狗，
说下所以然你再走。

一把抓住亲亲的手，
有钱没钱不叫你走。

跑马马白云灰搅白，
这一遭走了甚会来。

二饼子牛车七根衬，
这一遭一走没远近。
葡萄开花圪抓抓多，
扰乱心思你记住我。

这一回哥哥真走呀，
我走又不是扔你呀。

你要走来不叫你走，
一把我拉住马扯首。
哥哥起身你不要留，
留下恐怕要添忧愁。

西北大风好好儿刮，
天留人留明儿再走。

眼看阳婆婆落山了，
哥哥要走迟不如早。

青石板栽起石榴树，
实心留哥哥留不住。

哥哥难活妹妹难受，
你叫哥哥我没活路。

大白天刮风黑夜晴，
你走了妹妹怎安身。

雁飞成行落下一片，
哥哥人走情不能断。

秋后的蚂蚱不跳呀，

你走了妹妹没靠啦。

咱二人虽是要分离，
回来了好好来眊你。

房檐上流水桶来接，
这遭走得我心不歇。
枣骝马掉头撅缰绳，
我打发哥哥快起程。

葱花花拌汤调上油，
热乎乎喝完你再走。

枣骝马吼了两三声，
吃喝得香美坐不稳。

抹一抹嘴擦一擦手，
逗一逗妹妹你再走。

把哥哥送在大门口，
亲上两口揣一揣手。

桃树杏树海红子树，
妹妹的恩情你记住。
哪怕我走到天边子，
妹妹挂在我心尖子。

天河水隔在两头起

大青山上卧白云，
难活不过人想人。

你在东来我在西，
天河水隔在两头起。

走口外的哥哥离开家

三春期的黄风天天刮，
走口外的哥哥离开家。

哥哥走来妹妹瞭，
泪蛋蛋抛在大门道。

瞭见哥哥上了船，
手巾巾揩泪擦不干。

哥哥走来我上房，
两眼通红泪汪汪。

丢不下妹子再站住

鱼离水坑树剥皮，
死好分离活难离。

哥哥走了妹子在，
十指连心怎离开。

走三步来退两步，
丢不下妹子再站住。

瞭不见妹子山挡住

青山那个绿水一道道沟，
尔不下妹子哭上走。

瞭见那五花城起了雾，
瞭不见妹子泪遮住。

走前山来瞭后山，
瞭不见河曲好心酸。

你打光棍我守寡

你走你那口外呀我在我的家，
你打你的光棍呀我守寡。

你走你那口外呀撂下一道踪，
竹篮篮打水呀两头空。

人家都在你不在

盘算起亲亲跑口外，
泪蛋蛋流得抛一怀。

刮起东风水流西，
看见了人家想起了你。

山在水在石头在，
人家都在你不在。

你走口外上后套，
扔下妹妹真孤骚（哨）。
你走口外没安住家，
留下我少吃无燃怎生活。

人儿一走把心拽走

三春期黄风飕飕噜噜那刮，
走口外的哥哥离不开家。

哥哥走来妹妹瞭，
泪蛋蛋抛在大门道。

瞭哥哥瞭得上了房，
手扳住烟囱泪汪汪。

东湾湾流水西湾湾树，
瞭不见哥哥山挡住。

人儿一走把心拽走，
哥哥出了那"滑石口"。

快刀刀割不断牵魂线

满天星星朝南落，
你走我在好难活。

秋后的蚂蚱不跳啦，
你走了妹妹没靠啦。

你走口外做你的工，
扔下小妹妹真伤心。

苍耳苗开花人不见，
快刀刀割不断牵魂线。

牵魂线好比猴儿筋，
一阵阵紧来一阵阵松。

牵魂线好比胶皮带，

越拉越长越是个耐。

一不用绳绳二不用针，
长线线拴的两颗颗心。

天刮东风水流西，
小妹妹我在家魂跟上你。

月亮在前星在后，
真魂魂跟在你身左右。

二套牛车慢慢游，
真魂魂跟在你身后头。

二饼子牛车慢慢走，
魂灵儿跟你在西包头。

荷叶叶绿来荷花花红，
你走我在丢了魂。

山顶上刮风树林林响，
魂灵儿就在你身上。

前山后山山套山，
牵魂线拉在后套山。

背起铺盖哭上走

跑口外跑得我心惨了，
一出罗门泪往出抛。

一出罗门掉一掉头，
扔不下妹子我不想走。

走一步，挪一挪，
扔不下妹子无奈何。

走三步，退两步，
腿把把好比绳拴住。

走三步，退两步，
扔不下小妹妹又站住。

走三步，退两步，
没钱才把个人难住。
背起铺盖哭上走，
泪蛋蛋滴得我抬不起头。

光景迫下跑口外

人家有钱不离家，
穷汉没钱到处刮。

上了城关就坐大船，
盘算起穷日子好心惨。

一上三道堰掉一掉头，
瞭不见河曲呀泪长流。

三道堰打尖正晌午，
想起咱家来心上哭。

烂大皮袄顶铺盖，
光景迫下跑口外。

十指连心离开

鱼儿离水树剥皮，
死好分离活难离。

三春起的黄风九十月的冰，
你走我在怎安身？
葫芦一花拉长蔓，
挖心要命离不转。

哥哥走呀妹子在，
十指连心怎离开？

这一回走了甚会儿见

石榴榴开花石榴榴树，
实心心留你留不住。

背起了铺盖妹子给你说，
挣钱不挣钱早回来。

走东呀走西你走圪，
走在哪里也想我着。

抽一抽袜子抽一抽鞋，
半路上想家你就踅回来。

高山流水一条条线，
这一回走了甚会儿见。

人在外前心在家

人在外前心在家，
家里头丢下一朵花。

两眼眼窗窗糊玻璃，
见不上笑盈盈在哪里。

骑马不骑那带驹驹马，
马驹驹想娘我想她。

跑口外跑得心惨了

跑口外跑得心惨了，
一提跑口外泪往出抛。

一出罗门拧回头，
丢不下妹妹不想走。

走一步、挪一挪，
尔不下妹子没奈何。

走三步、退两步，
牵魂线把我心绞住。

走三步、退两步，
没钱才把人难住。

背起铺盖哭上走，
泪蛋蛋滴得我抬不起头。

跑口外跑得我心惨了

青石板栽葱扎不下根，
十七上跑口外到如今。

人人都说跑口外能吃饱，
跑口外跑得哥哥心惨了。

青石白石马牙石，
酸甜苦辣压菜石。

东三天西两天无处安身，
饥一顿饱一顿饮食不匀。

干红豆豆撒粗糠，
万般无奈逼在这路上。

单帮孤人受人家气

我来这地方没一亩地，
单帮孤人受人家气。

家里头没钱借下人家二斗米，
立逼下当长工顶工给。

头枕石头身铺砂，
不揽长工不由咱！

打罢二更收工啦，
鸡儿不叫又明啦！

半夜睡下五明头起，
揽长工受的是牛马罪！

拿起鞭子扛起犁，

黄风黑土咋耕地?

白灵子雀儿绕天吼，
不明走在地里头。

拿起鞭子放下犁，
露水湿在半大腿。

手捉住犁拐拐鞭打上牛，
由不住个瞌睡由不住个愁。

手提鞭鞭吆上一犋牛，
泪蛋蛋滴下满道沟。

春期耕地累断腰，
夏天锄地赛火烧。

拔一把麦子看一看手，
有钱的不知受苦人苦。

清早受到阳婆落，
今儿恼明儿骂不想要。

人走千里踅回来

割倒了糜子收倒了秋，
跑口外的哥哥往回走。

三百里明沙二百里水，
五百里路途回眊妹妹。

水流千里归大海，
人走千里踅回来。

不大大的小青马马喂上二升料，
三天的路程我两天到。

讨吃要饭回口里

黄毛儿旋风灰突突的天，
走了一羊口外没挣下个钱。

二月里走了十一月里回，
八个月强强拧下五斗米。

勒紧裤带放开腿，
讨吃要饭回口里。

什么人留下个走西口

黄龙湾湾河曲县，
三亲六眷漫绥远。

二姑舅呀三老爷，
八百里河套葬祖先。

千年的黄河水不清，
跑口外跑了几代人。

娃娃走成个朽老汉，
走来走去还是个穷光蛋。

走一辈子西口守一辈子寡，
死活难到一搭搭。

寡妇上坟泪长流，
什么人留下这走西口。

谁家的亲人常守着

叫一声妹子你不要哭，
哭得哥哥心难活。

守住妹子倒也好，
挣不下银钱过不了。

一锅锅猪肉半锅锅油，
哭成个泪人人怎叫哥哥走。

再不要难活再不哭，
谁家的亲人常守着。

扇熄油灯光亲了个嘴

阳婆婆落西出在那来，
回来了跑口外的小亲人。

跑口外的哥哥回了家，
小妹妹心上乐开了花。
双手手端来一碗水，
叫一声哥哥你润一润嘴。

脱了鞋袜上了炕，
一床盖体伙盖上。

扇熄油光亲了个嘴，
一黑夜拾翻得不瞌睡。

灯瓜瓜点灯半炕炕明，
烧酒盅盅挖米不嫌哥哥你穷。

一对对鸳鸯一对对鹅，
一对对毛眼眼瞭哥哥。

一对对白鸽房檐上落，
满嘴嘴白牙牙笑哥哥。

天天下雨天天晴，
天天见面还想不行。

满天星星一颗明，
可心想的是一个人。
……

河曲是民歌故乡，这一点不枉美誉，一来历史传承悠久，二来曲目数量甚多，不怪乎人们总是赋予其"浩如烟海""民歌的海洋"的称号。而研究者发现，弥漫、滋润于这方水土的民歌虽然表现内容十分丰富，但一半以上甚至有人称占到百分之八十的都与爱情生活有关。当地人把这类民歌通通用土话叫作"酸曲儿"，还以"山曲儿不酸不好听"来表明，人们的喜爱程度和它在河曲民歌中所占的分量！"酸"——这又是河曲人凝练的概括，爱情生活喜怒哀乐、形形色色，在人们的心中究竟是什么滋味，一言难尽，谁也说不清，而一个"酸"字，从味觉上调出了"爱情"的味道，那就是让人想起来就牙根儿"咕咕"冒水儿却又说不上来的奇妙感觉……

河曲大大小小的村子我跑过不少，每次听乡亲们唱民歌，总是被打动，尤其听着他们真情挚爱的"酸曲儿"，更是且吟且听且诉且泣……歌者泪汪汪，我伴泪两行，每每都难以自控，就像民歌里唱的："说起难来难上难，泪蛋蛋好比水推船。"为什么会这样？我发现，河曲民歌不是为唱而唱的无病呻吟，不是简单地拼凑旋律唱唱歌，而是真实生活触碰心灵的情感倾诉。正所谓"诗言志歌咏言"，当岁月的磨砺连话语都无以表达的时候，便只有借歌咏言了。

河曲民歌还有一个更大的特点，就是每一首歌曲都能牵出一段真实的故事，凡发自于心的吟唱者必定在心里藏着自己难以忘却的亲历。我想，这正是河曲民歌生命力之所在，也正是所有文学艺术得以生存与发展的根源。正是这些民歌，让我认识了"骨子里"的河曲人，看到了在这块土地上的坡坡梁梁、沟沟峁峁、河上岸畔演绎着的许多动人的传奇。而这其中，必定有那首久唱不衰的"酸曲儿"里讲述的那段感人涕泪的爱情故事。

故事的主人公叫刘巨仓，是河曲县南沙窊村普普通通的农民。他是个孤儿，无依无靠，早在上世纪四十年代就跟着村里的成年人逃荒"走西口"，直到解放后才返乡定居。常言道："男大当婚，女大当嫁。"眼瞅着刘巨仓二十大好几了，可在那买卖婚姻盛行的年月连个媳妇也说不下，他只能孤单单圪蹴在自家的破窑洞里，守着冷锅冷灶，唱那光棍汉的凄凉调——

> 一顿做下两顿的饭，
> 可怜我单身男子汉。

> 大雁回家呱呱叫，
> 光棍汉唱的是苦难调。

谁想，苦藤连苦瓜，女人堆里也有像他一样的苦命人。就在南沙窊村有个童养媳叫李金香，自打十四岁进了婆家的门就没有再笑过，整天过着"男人狠来婆婆毒，大姑子咒得我不能活"的日子，她有泪不敢流，有苦无处诉，只能趁家里无人在时唱几句山曲儿解忧愁——

秋风糜子寒露谷，
嘴里唱曲心里哭。

茶无叶子不如水，
童养媳活得不如鬼。

歌声把两颗苦难的心缠在了一起，神奇的"山曲儿"牵着红线让刘巨仓和李金香悄悄相爱了。

刘巨仓好似枯木逢春，原本过得没劲气的"灰塌塌"的光景，仿佛在眼前闪现出了新绿——

墙头上跑马一搭搭手高，
人里头挑人就数妹妹好。

路畔上长的一苗灵芝草，
谁也比不上小妹妹好。

九天仙女呀我不爱，
单爱小妹妹好人才。

满天星星呀一颗明，
十三省地方挑中你一人。
……

在"酸曲儿"的滋润里，李金香也像变了个人。她紧锁着的眉头渐渐舒展，愁云满布的脸上不时浮现出酒窝，尤其是那嘴里情不自禁轻吟着的曲调声儿，让婆家的人着实好生奇怪和不安——

东阴凉我倒在西阴阴凉，

和哥哥坐下我不觉天长。

你要和小妹妹长长间坐，

觉不着天长觉不着个饿。

野雀雀那落在麻沿沿畔，

依心的那小话话说不完。

······

　　像窗台上"灯瓜瓜"燃亮的芯儿，情浓意蜜的两个年轻人噙着相思泪一天天熬着日月过，正像歌里唱的那样："泪蛋蛋本是心上的油，谁不难活谁不流。"终于，中华人民共和国第一部《婚姻法》颁布了，自由恋爱的婚姻受到保护，就在1954年那个温暖的春天，刘巨仓和李金香这对钟情已久的恋人大胆地冲破封建礼教的束缚，像两只飞出笼子的鸟儿，手牵着手一溜烟儿跑到乡公所登记结了婚。这事儿一眨眼传遍了岜岜岭岭，惊动了十里八村。

　　新婚之夜，闹洞房的乡亲散去了，温情的月光洒在静谧的院落，好似镀上了一层闪闪的白银。土窑洞里，窗台上的煤油灯跳动着昏暗的火苗儿，一对新人盘腿坐在炕上，深情相望，默默无语······寂静中仿佛能听到两个人"扑通、扑通"的心跳。刘巨仓缓缓抬起头，干咳了两声，有些愧疚地瞅着李金香说："不瞒你，咱家的缸里只剩二斗米了，就是用酒盅盅舀着吃也吃不了几天了······唉——，你跟上我要受穷咧！"

　　李金香弯弯着柳眉，目光含情地望着心爱的人，脸上现出深深的酒窝。她慢慢抬起手，从头上取下一只卡子，伸向油碗轻轻挑亮灯芯儿，温声细语唱起来——

灯瓜瓜点灯半炕炕明，
烧酒盅盅舀米不嫌哥哥你穷。

刘巨仓听着听着，泪蛋蛋一颗颗"吧嗒、吧嗒"掉下来。这哪里是歌，分明是金香那颗热滚滚的心呀！泪眼望着自己疼爱的女人，刘巨仓肚子里的话再也憋不住了，双手捧起妻子的手，情意绵绵地颤抖着声音应唱起来——

一铺滩滩柳树一铺滩滩草，
一铺滩滩姑娘就数妹妹尔好。
……

从此，这首极不寻常的情歌传遍了黄河两岸，而且成了现今晋陕蒙乃至中国民歌的传世经典！

然而，遗憾的是，当1985年我们徒步"走西口"采访见到五十七岁的刘巨仓时，才得知歌中的女主人公李金香已丢下心爱的丈夫和四个孩子离开了人世。原来，1979年的夏天，李金香被查出患了癌症，她生怕丈夫知道了受不了，就叮嘱陪着的大儿子不许对任何人声张。而刘巨仓心里放不下，专门跑去医院探问到了实情，可他不明妻子已知，于是也告诫儿子严禁泄露出去。就这样，夫妻两人互相隐瞒着，把这个"秘密"一直保守到她生命的最后……

记得，当时是一个昏黄的下午，面对慕名而来的我们，刘巨仓眼里闪动着忧伤的泪光，长叹一声，说："我们是1954年结的婚，她是童养媳，最后离了婚，跟了我。当时也有人嘲笑，因我很穷嘛，但是她就这样跟了我一辈子。我深深感到她对我的情是很深的。她病下的时候骗我说没问题，其实我那时已经知道她得的是癌症，我们两个是互相瞒……她和我结婚二十六年，1954年4月初八结的婚，1980年4月初九我把她埋的，整整二十六年啊，我感到连新鲜还没有过了……"

听完刘巨仓的讲述，我们不忍再触动他那颗伤痛的心，打算就此起身告辞。谁料，刘巨仓拦住了我们，声音沉郁而颤抖着说："你们大老远既然是为这事来的，那我就把我俩的那首山曲儿唱给你们听。唉！可惜再也不能跟金香一起搭伴了。"说完，他抬起泪水混浊的眼睛，失神眺望远处的坡梁，亮开嗓子唱起了那首难忘的情歌。他的嗓音虽然苍老了，但依旧爱意缠绵，一往情深——

　　灯瓜瓜点灯半炕炕明，
　　烧酒盅盅舀米不嫌哥哥你穷。

　　一铺滩滩柳树一铺滩滩草，
　　一铺滩滩姑娘就数妹妹你好。
　　……

由于那次徒步采访"走西口"的经历，黄河边儿上的河曲在我的生命里有了特殊的位置和牵念，那里的山、那里的水、那里的歌、那里的人常常萦绕脑际，挥之不去。时光如流水，一晃这么多年过去了，可我深深知道，我与那里的民歌和乡亲的情缘及故事远没有结束。这次我来到河曲，当晚便相邀住在县城的民歌手酒歌畅叙，尽兴而欢，恰似明代山西巡抚魏允贞形容经河曲的意境："晚来呼酒一开颜"。席间，我把场子上最活跃的"歌头"贾德义悄悄叫到一边，要他明天陪我去趟南沙窊，看望多年未见的刘巨仓和几个民歌手，这也是我此行河曲的目的之一。贾德义看看情绪甚欢的大伙儿，迟疑半晌没应声，最后轻轻耳语说："明早你到黄河老渡口来，我再告诉你。"

第二天，"太阳出宫"的一大早，我如约来到"西口古渡"广场。古人有诗曰："隔岸童山无绿树，出城官渡是黄河。"如今竖立着"西口古渡"巨型照壁的地方就是当年的"官渡"，它坐落于黄河岸边，宽阔平缓的河水对岸是陆路交接的陕西府谷县的麻镇和内蒙古准格尔旗的马栅，因而这里有"鸡鸣三省"之说。过去，走西口的那年代，这儿是繁忙的水运码头，商贾云集，货物流转，车水马龙，熙来攘往，旧志称是"一年似水流莺啭，百货如云瘦马驼"。

……

黄河的波澜里辉映着金色的晨光，"西口古渡"广场上的人们踏着快节奏的旋律舞蹈健身。我在晨练的人丛中找着贾德义，一起来到濒临黄河水的石栏前，他扶扶眼镜望着水流，这才一五一十地讲述起来。原来，刘巨仓已在多年前就去世了，而且令人吃惊的是他居然是自杀！

贾德义讲起了事情的经过——

1998年7月的一天，刘巨仓突然来到贾德义家，进门就说："老贾，我想好了，不想再活了。我今天来就是想跟你照张相，回村就死！"说着拽起胳膊就要往外走。老贾开始还以为他是开玩笑，没太在意，可仔细又一观瞧，觉出不对劲儿。因为毕竟相熟大半辈子了，彼此肚子里装着多少首山曲儿都数得清，所以刘巨仓的异常他还是能感觉得到。贾德义大声怒吼住刘巨仓，劈头盖脸破口痛骂，气氛紧得几乎喘不过来。刘巨仓垂头沉默不语，听着听着突然"嘿嘿"笑出了声，一脸调皮地说："我是在逗你呢，看你是不是真对我好。我才不想死哩！咱二人好长时间不见了，我是想你咧，想跟你合个影，好能常常看见。"贾德义真被弄糊涂了，将信将疑地陪着刘巨仓去照相馆拍了合影，管他吃了饭，又送上回村的公共汽车，再三叮嘱。刘巨仓满口答应，汽车都开出老远了还探出身子乐呵呵地挥着手……谁料想，一个星期后，悲剧果不其然发生了！那天，贾德义从照相馆取出照片刚回到家里，刘巨仓的儿子就报信儿来了，进门"扑通"一声跪下，说自己的父亲喝农药自杀了！

……

黄河水卷着波浪在流淌，借着刮来的风发出沉闷的"呼呼"声。我关切地问，这悲剧发生的背后是什么原因。贾德义解释说，刘巨仓患了严重肾病，"尿漏"多年，十分痛苦，他又是个极要脸的人，总感觉这样活着没有尊严。不过，要说最真实的原因，还是因为那"牵魂魂"的李金香。自打亲人去世后，刘巨仓就陷入那份凄怆的悲伤里总也拔不出来，经常神志恍惚，泪水涟涟，念念叨叨，有时还一个人跑到金香的坟前号啕不止，一守就是一天。因此，贾德义的结论是：刘巨仓自杀的根本原因是为李金香而殉情。他还举村人之说引证——自从女人死后，刘巨仓的真魂魂就飞走了。

　　……

　　去南沙岕的车开动了，我的心情有些沉重，一路上缄默无声。离开县城前，我专门找到一家特殊商店买了些东西，装在手中攥着的黑色塑料袋里，只有极少数人知道它里面的秘密。

　　一个多小时后，我们的汽车开进了这个深藏在坡土圪梁里的村庄。别看它高高低低散落着的房院窑洞不起眼，这可是河曲民歌发源地之一，就是在中央音乐学院的教授嘴里它也是名声赫赫。不仅如此，从南沙岕村飘出的山曲儿在河曲民歌里还有着特殊的地位和鲜明的特色，那就是"酸曲儿"特别地多，也可以称之为是盛产情歌的地方。记得我第一面见到刘巨仓时，他正圪蹴在村口的阴凉地儿抽旱烟。当问起祖祖辈辈尽唱些什么民歌时，他想也不想地一句话作了概括："唱甚咧？也就是哥哥长妹子短！"这样的回答，正是道出了情歌的要义。可以说，南沙岕人唱山曲儿，张嘴就是哥哥呀妹妹，即使是唱与爱情无关的歌也要在衬词垫字里叠上"亲亲""哥哥""妹子"的，似乎丢了这样的字词便不会开口吟调调了。因此，南沙岕的歌手人人都是情歌大师！不过，时世不同，也有缘此不契机巧的倒霉事。"文化大革命"时期，公社组织"革命歌曲大家唱"，非逼着村里一位大字不识的老汉登台唱一曲。于是，他只得吼开嗓子："马走大路(哪)虎走山，毛主席(哥哥呀)领咱(亲亲哪)转回来。"这下可闯了大祸，戴红袖标的"红卫兵"硬说是对毛主席老人家不忠，怎么能随便称呼"哥哥""亲亲"，于是把老汉打成"现行反革命"投进了大狱……

车刚停稳，贾德义第一个跳下来，情绪亢奋得难以控制，照他的话说"好像一进村就有一种想唱歌的感觉"，不等别人接话，他便扯开了腔——

　　　　蓝个莹莹的天上那白云飘，
　　　　白云下山羊绵羊满坡坡跑。

　　　　小妹妹手扳烟囱房檐上站，
　　　　毛呼噜噜花眼眼把哥哥盼。

贾德义挑着嗓门头前引路，"三步并作两步行"地推门走进一幢院子，等挑帘进了窑洞，我才惊喜地发现来到的是民歌手狄兰瓣家，此时她正笑盈盈地望着拥进屋子的来客。

狄兰瓣这辈子是天天唱着山曲儿过来的，眼下虽说七十八岁了，耳不聋眼不花，手脚麻利，身子骨硬朗，她把这一切都归结于有民歌的陪伴。这一点，就连现在站在她身边的同村人、多年搭档对唱的刘宽来也作了有力的印证——七十七岁的身子板儿直挺挺的，迈开腿来"呼呼"生风，那精神头儿绝不输给年轻小伙子。狄兰瓣和刘老汉像当年那样，把我推着让上炕坐下，接着送来一杯热气腾腾的冰糖水。我与两位老人有说有笑拉家常，叙说当年那最初相识的情景，不由得唱起了当时学会的山曲儿——

　　　　墙上画马不能骑，
　　　　伤心的话儿不能提。

青石板上栽葱扎不下根，

天配的姻缘合不上个婚。

……

　　狄兰瓣听着，眼睛一亮："这是我当时教给你的山曲儿。"

　　"嗯!"我看到她欣然的样子，很高兴都过去这么多年了她还记得当初的情形。于是，我继续聊开那当年的话题，问起姑娘时的她与心上的"亲哥哥"偷偷相爱的事儿。

　　狄兰瓣看看随我而来的陌生人，脸上浮现一丝红晕："都大半辈子了，还有甚好提的。"说完，她眼里定定神儿，顾不得羞涩开始浅吟低唱——

听见哥哥唱一声，

支棱棱耳朵吊起心。

听见哥哥唱一声，

圪颤颤折断一根二号针。

听见哥哥唱上来，

热身子扑向冷窗台。

听见哥哥唱上来，

开开柜子换红鞋。

……

　　狄兰瓣的情绪和歌声感染、调动了刘宽来。他二人山曲儿一首接着一首，一会儿轮换独唱，一会儿搭伴对唱。在场的所有人都被这两位老人情感真挚的歌声深深打动了，时而笑颜欢声、时而泪水唏嘘、时而哽咽抽泣……

《担水》是狄兰瓣、刘宽来几十年来对唱的保留"经典曲目"，河曲民歌手都公认它是两位老人的"专属品牌"。自然，我们的再次相见，他俩儿是不会不唱起这首曲调婉转回旋、表演动情传神的别样"酸曲儿"的——

刘宽来：我跟那妹妹，软颤软颤，软溜软溜，紧跑慢跑，水洗汗流，担上两担水呀，亲人；

狄兰瓣：我的哥哥，求你把水桶搁放放，水搁放放，结个扎扎，咯扎扎那结呀，痒人手手，亲人；

刘宽来：咱二人活一辈子，谁也不要离开谁呀，亲人；

狄兰瓣：夜晚来了，凉水清清，十多行行哟，你不要把那小妹妹啊傻傻忘了呀，亲人；

刘宽来：漂花喽喽，我活了一辈子也忘不了你呀，妹子！

狄、刘合：咱俩相好手拉手，铡草刀掉脑袋也不后悔呀，亲人！

……

离开狄兰瓣家的窑洞，我又去探望了当年的村支书刘元耀和他那烙的一手香喷喷油饼的胖老伴，还有樊彩兰等当年结识的老民歌手。直至快近正午了，我要完成此行的最后一个心愿，提出去刘巨仓和李金香合葬的坟上看一看。哪知，一经打听，才得知这对恩爱夫妻的墓地距此有五里多地，而且都是崎岖小道，很不好走，没有两三个小时打不了来回。在人们的劝慰下，我最终不无遗憾地放弃了前往的计划，但是还是决意要尽我的心意祭奠他们，于是由乡亲们带领着登上村子的最高处，摆放好专门随身带来的供品，点燃了装在那只黑色塑料袋里的香烛和纸钱……只见轻灵的纸灰旋转着缕缕青烟飘上天空，有人挑起那唱山曲儿才有的嗓音，悠悠动情地呼唤："巨仓哥、香妹子，你们好福气啊，城里的戚人来看你们咧——"

……

车开动了，乡亲们聚拢在路边、埂上挥手送别。山道弯弯，汽车颠簸颤晃着前行，后窗里拉开的南沙窊又融化进了峁峁梁梁的苍茫黄土垣。我默默眺望着窗外，耳畔仿佛还萦绕着绵绵不绝的山曲儿。这是块怎样的土地啊，它贫瘠寒穷，可偏偏就长出这样的山曲儿生出这样的人，而且一代代深情缠绵于此不离不弃。歌——，是他们繁衍的种子、情感的寄托！

贾德义给我讲过这样一件事，有个住在城里的老汉和自己年轻时相爱的情人约了一辈子的会——二人是同乡，家境都很穷，男的比女的大八岁，他十五六岁起就跟着大人们跑口外，每次回来都不忘给邻家的她带些"可心"的小东西。渐渐地姑娘长大了，成了娇羞美貌的一枝花，上门提亲的人走马灯似的。可姑娘偏偏谁也不允，单单爱上邻家的"亲哥哥"。男方家上门提亲，却被女方的父母顶回来。原因是嫌他家太穷，拿不出几个银钱做聘礼，这样一来牵连到了女方家的儿子也无钱说媒娶老婆，恐要断了香火。没法子，在那个"儿女婚姻不由己"的时代，相爱的"亲哥哥""小妹妹"只能是"天河水隔在两头起"。邻家汉子二十五岁那年，没出正月就走西口去了包头，决心拼死拼活揽长打短多挣钱，攒足重礼再上门提亲。就这样，他当牛做马一年忙到尾，直到腊月头儿上再无营生能做了才返回家乡。当他脚步匆匆直奔女方家提亲时，谁知迎头炸响了轰天雷，邻家已将姑娘嫁给了富户人家。当下，后生喷出一口血，大病半年。后来，他才听说，娶亲的那天差点弄出人命，哭得死去活来的姑娘硬是被婆家人捆绑上抬进花轿抢走的。后来，男人也娶了媳妇成了家，可心里总是放不下当初的"小妹妹"，而那个嫁出去的她心里装得进的也只有"亲哥哥"。从此，这两个棒打的鸳鸯开始了一生漫长的幽会，他俩相约，不论规模大小，只要县里逢集，就在黄河边儿上的"官渡"见面，谁先来谁守着，不见不散。就这样，二人的约会风雨无阻了几十年，直到年纪大了腿脚不如从前了才改作了一月见一次，后又改为了一季半年会一回……如今，男人九十岁了，到了"甚的想法也没有"的时候了，可还是跟他的那"小妹妹"约定："只要有口气还能动弹，一年也要见一回。"

……
妹妹在东哥在西，
天河水隔在两头起。

你想我来我想你，
好倒像山药刀刀离。

阳婆一落西山畔，
咱二人牵魂线怎绝断。

瓢葫芦开花赛如瓜，
咱二人离不开终究咋？

咱二人相好一对对，
铡草刀剁头不后悔。
……

还有这样一位女人，七十七岁那年硬是从村子走到县城，不管说成甚就是要花三十元的报名费参加全县第一次搭台举办的民歌大赛，谁劝也劝不住。那是个秋意正浓的季节，下午的阳光映照出像场院上熟透了的玉米的金黄色，晒得舞台暖暖的。这时，用油彩画了眉眼的老太太登台了。她与别人不一样，既没有行头也不要伴奏，碎步来到台中央，眼神儿有些恐慌地直视看场，没有任何防备地突然亮开了嗓子——

　　　　山在水在石头在，
　　　　人家都在你不在。
　　　　……

　　哪知，老太太只唱了两句，就哽咽得再也唱不下去了。还没等台下的观众和评委回过神儿来，她已泣不成声哭成了泪人人，油彩和着泪水花流了满脸。见状，组委会只好临时决定叫停比赛，把老太太搀扶回后台好生劝慰。评委们关切地围拢过来，探问究竟是何原因。老太太喘过一口气，道出了积蓄心中多年的悲怨——五十多年前，她那时是个二十岁的大姑娘，与村里的一个后生相爱着。两人青梅竹马，相伴相随着一起长大，好得就像一个人似的分也分不开。那年后生像往年一样又走了西口，等到深秋该返乡了，日思夜想的姑娘等来的却是噩耗：后生去大青山背大炭砸死在了井里。她呼天唤地哭了一天一夜，第二天乌黑的头上生出了白发。等到几天后，那后生的尸骨在跑口外的乡亲们护送下要过黄河回家了，姑娘做出了一个谁也想不到的举动，她竟然披麻戴孝出现在了黄河渡口，久久跪在那已经上冻了的冰冷的滩堤上迎接灵柩，嘴里泣语嘶声呼喊着后生的名字，不住叫着"魂灵灵"回家……那首歌正是她当时内心的真实写照。然而，一晃半个多世纪过去了，她早已嫁人成家有子有孙，岁月催得大姑娘也变成了老太婆，可她心中始终装着那后生和那份情。因此，当听说县里要办赛歌会，熬了大半辈子的她熬不住了，再也不想藏着这份压抑在心头的"难活不过人想人"的情愫了……老人的故事感动了所有在场的人，大赛组委会做出决定授予她"赛会特别奖"。老太太捧着奖状，再一次唱起那首缠绕在她心里一辈子的歌——

盘算起亲亲跑口外，
泪蛋蛋流得抛一怀。

刮起了东风水流西，
看见了人家想起你。

山在水在石头在，
人家都在你不在。
你走口外上后套，
你扔下了妹妹好孤哨。

你走口外上后山，
你扔下了妹妹受苦难。
……

附录：男人女人的歌

两个人亲成个然绵桃

想哥哥想得深身身烧，
毛眼眼忽闪小心心跳。

听见哥哥唱上来，
热身身趴在冷窗台。

哥哥唱曲儿妹妹听，
勾住了妹妹一颗心。

哥哥唱上进家门，
连忙我下地迎亲人。

满脸脸我高兴猴嘴嘴笑，
两个人亲成个然绵桃。

生茬硬韧冤屈死个咱

人人都说咱二人有，
担了一股名声没揣一下下手。

名声在外难收留，
大天白日把人丢人。

盘算起来实在是羞，
伤心的泪蛋蛋往下流。

气得小妹妹炕上趴，
生茬硬韧冤屈死个咱。

心上想你嘴上犟

葫芦开花爬过墙，
心上想你嘴上犟。

山沟沟刮风山口口响，
心里头想你口难张。

难活添了个不好活，
走在哪里也不洒脱。

也不是热来也不是冷，
丢盹瞌睡没精神。

白糖月饼不想咽，
我心上难活谁看见。

种上糜子谷上来，
唱得唱得我哭出来。

手扳住磨把丢了个盹，

灰鬼们说我想情人。

甜苣叶叶苦菜根，
苦言苦语苦在心。

上水水行船慢悠悠，
想亲亲的日子还在后头。

人想你来你不想人，
我在你身上枉操一份心。

死在枕头上也忘不了你

走下的路路风刮了，
记下的话话忘不了。

山坡上下雨存不住水，
三年五年忘不了你。

桃树红，柏树青，
忘了你的脸巴巴忘不了你的心。

滚水冷水两掺起，
多会儿也忘不了你那好心机。

红豆、菜豆一圪埮地，
忘了爹娘忘不了你。

野鹊鹊飞在山根底，
忘了生死忘不了你。

一颗西瓜两钵钵水，
死在枕头上也忘不了你。

想你想你实想你

想哥哥想得见不上面，
大路上开了个留人店。

想哥哥想得见不上面，
白脸脸想成生黄片。

想哥哥想得胳膊腕腕软，
拿起个筷子端不起个碗。

想哥哥想得出不了院，
玻璃上画你的眉和眼。

想哥哥想得上不了炕，
炕沿上画你的人模样。

想哥哥想得心难受，
一黑夜熬干两灯盏油。

想哥哥想得心不安，

一天吃九颗安神丸。

想哥哥想得神走了，
吃饭不知饥和饱。

想哥哥想得迷了窍，
尿盆子倒进了山药窖。

想哥哥想得迷了窍，
白明黑夜睡不着觉。

想哥哥想得睡不着觉，
嘴唇唇上起来一串火燎泡。

想哥哥想得着了迷，
熬稀饭忘了下上米。

想哥哥想得心发慌，
请人吃饭挖了碗糠。

想哥哥想得整天哭，
做捞饭下米挖了些谷。

想哥哥想得心糊涂，
腊月里想起个过端午。

想哥哥想得心糊涂，

黑山羊看成个老母猪。

想哥哥想得鬼迷了心，
亮红晌午点着了灯。

想哥哥想得昏了头，
大街上走路丢了个盹。

想哥哥想得吃不下饭，
心火上来把嘴燎烂。

想哥哥想得火攻了心，
变成了红嘴鸭子白雕鹰。

想哥哥想得气穿了筋，
什么医生也审不清病。

想哥哥想得没法法，
吕祖爷跟前问过卦。

想你想你实想你，
头不梳来脸不洗。

想你想你真想你，
鞋帮帮纳成个袜底底。

想你想得我瘦啦，

裤带上的眼眼多下啦。

想你想你实想你，
白脸脸想成瘦黄皮。

妹妹怎走也顺哥哥心

哥哥一看见小妹妹笑，
浑身发烧心锤锤跳。

长辫辫挣上红头绳，
辫梢梢一甩绕住哥哥心。

妹妹穿红鞋大路上跑，
爱得那些厚生们都跌倒。

穿上红鞋一溜溜风，
妹妹怎走也顺哥哥心……

哥哥只看你不去跑，
因为小妹妹眼水水饱……

二更鼓想你到鸡儿叫

刮起东风水流西，
提起枕头想起你呀亲人。

前半夜想你关不住门，
后半夜想你煽不熄灯呀亲人。

前半夜想你翻不转身，
后半夜想你等不上明呀亲人。

想你想得不瞌睡，
枕头上滴下伤心泪呀亲人。

二更鼓等你到鸡儿叫，
手巾巾揩泪谁知道呀亲人。

扑身身扑在冷窗台

听见哥哥唱一声，
支棱起耳朵吊起那心。

听见哥哥唱一声，
忽颤颤打了一根二号号针。

听见哥哥唱上来，
热身身扑在冷窗台。

听见哥哥进院来，
躺柜里换上花红鞋。

咯吱扭哥哥进了院，
脸蛋蛋上倒印了个红嘴唇。

支起红鞋眼蒙甦，
嘴对嘴喂了颗凉快海红。

嘴对嘴喂了颗凉快海红，
真魂魂飘在半天云。

想亲亲想在心眼眼上

蜜蜂飞在窗眼眼上，
想亲亲想在心眼眼上。

稻黍开花顶顶上，
操心操在你身上。

一对对鹊燕绕天飞，
不想别人单想哥哥你。

玻璃窗窗说不上话

走你家门前瞭你家院，
家里头有哥哥的牵魂线。

大榆树开花结钱钱，
隔窗窗瞭见你那毛眼眼。

野雀雀落在荒草洼，
玻璃窗窗说不上话。

玻璃窗窗说不上话，
肚里头结了个冰疙瘩。

管不住妹妹为朋友

打高墙头喂恶狗，
管不住妹妹为朋友。

黄雀飞在黄树上，
好劝歹劝不改行。

一块石头圈不起个井，
劝了我的耳朵劝不了我的心。

大青山的石头乌拉山的水，
和哥哥交朋友不改悔。

牵魂线结成个桃圪垯

哥哥放羊我放牛，
相跟上走在一道沟。

你在梁头我在沟，
亲不上嘴嘴招一招手。

山沟沟深来梁头高，
心锤锤跳来脸蛋蛋烧。

毛眼眼吊线说不上个话，
牵魂线结成个桃圪垯。

切草刀剁头不后悔

三五席子二五毡，
顶上小命往一搭搭钻。

抱住哥哥你不要抖，
咱两个顶上这两颗头。

咱二人抱得紧紧的，
哪怕人头落就地。
咱二人相好一对对，
切草刀剁头不后悔。

要为朋友慢慢来

这山山望见那山山高，
那山上长得一苗好樱桃。

樱桃好吃树难栽，
要为朋友口难开。

要吃樱桃拿钱买，
要为朋友慢慢来。

为朋友为下个心不安

大河流凌撑不起船，
为朋友为下个心不安。

白马拴在树根底，
千万不要说我和你。

再不要你瞅我来我瞅你，
叫人家还说是我和你。

迎头子碰见亲亲你不要笑，
三年两年谁知道。

霜打黑豆叶子落，
暗暗的朋友谁知道。

睡在炕上活梦见

一颗黑豆两粒米，
端起饭碗想起你。

心上想你嘴上念，
睡在炕上活梦见。

一个人走下心难活

阳婆一落山雀噪，
一个人睡觉好孤骚。

月亮上来照西墙，
不知道亲亲在哪厢。

沙梁梁高来沙梁梁低，
不知道亲人在哪里？

一颗颗星星朝南落，
一个人走下心难活。

想哥哥想得日子长

糜子焦梢谷子黄，
想哥哥想得日子长。

山坡上的石鸡叫"嘎嘎"，
心上好比猫儿抓。

树上的鸟儿对成双，
妹妹的亲人却口外忙。

麦子出得青草穗，
哥哥受得牛马罪。

心里盘算口里念，
一合眼皮又梦见。

大青山的石头乌拉山的水，
梦见你走得好后悔。

送情郎

送情郎送在大门庭，
一路上花红柳绿好风景，
比不上妹妹知情又知心。

送情郎送在淤泥河，

河岸上看见一对大白鹅，
好比哥哥你和我。

送情郎送到长亭外，
尊一声情郎哥哥早回来，
小妹妹挂念在心怀。

睡思梦想盘算你

蓝天上飘的一朵朵云，
走了一个人丢了一个魂。

骑白马来打红伞，
一个人走成个灰不滩。

白马拴上青缰绳，
哥哥走了我怎安心？

人在外面心在家，
家里丢下一枝花。

瞭见有人穿蓝衣，
睡思梦想盘算你。

打蓝调

野雀雀落在澄池池沿，
单等哥哥打完了靛。

打完打完打完了靛，
单等哥哥打完靛。

三日间好来两日间歹，
三好两歹怎来了来。

怎来怎来怎来了来，
三好两歹怎来来。

手提上圪包住娘家，
至死不和他成人家。

和他和他和他成人家，
至死不和他成人家。

一苗苗白菜房檐上晒，
自瞅的对象常恩了爱。

常恩常恩常恩了爱，
自瞅的对象常恩爱。

红标布裤带腰里紧，

自找的对象心里了亲。

心里心里心里了亲，
自找的对象心里亲。

满天星星一颗明

墙头上跑马一搭手高，
人里头挑人就数妹妹好。

路畔上长得一苗灵芝草，
谁也比不上小妹妹好。

九天仙女我不爱，
单爱小妹妹好人才。

满天星星一颗明，
十三省地方挑准你一人。

面对面坐下还想你

瞭不尽的树林望不断的云，
瞭不见哥哥的人影影。

高山上盖庙还嫌低，
面对面坐下还想你。

西北风一刮扬黄沙，
无根的沙蒿往哪刮。

想亲亲想得迷了窍

想亲亲想得迷了窍，
头枕上脚盆睡过觉。

想亲亲想得迷了窍，
尿盆子倒在罗门道。

想亲亲想得迷了窍，
抱柴禾我跌进萝卜窖。

我和哥哥脆圪铮铮亲了个嘴

清粼粼的河水浪花花飞，
我和哥哥脆圪铮铮亲了个嘴。

小嘴嘴美味肚肚里头甜，
我和哥哥亲亲热热坐在黄河边。

上身身紧挨住手扳住他肩，
热身身我躺在哥哥怀里边。

一阵阵地说来一阵阵笑，
一阵阵亲来一阵阵抱。

一阵阵亲来一阵阵抱，
一阵阵亲来一阵阵抱，
乐得两人满脸脸笑。

十八岁的妹妹

十八岁的妹妹一盆葱，
十八岁的妹妹白又嫩。

十八岁的妹妹笑盈盈，
十八岁的妹妹吸人人。

十八岁的妹妹水葱葱，
十八岁的妹妹展铮铮。

十八岁的妹妹一盏灯，
十八岁的妹妹惹人亲。

十八岁的妹妹嫩豆芽，
十八岁的妹妹一枝花。

十八岁的妹妹像晚霞，
十八岁的妹妹爱死咱。

十八岁的妹妹一朵云，
十八岁的妹妹莲花盆。

十八岁的妹妹凉绵虫，
十八岁的妹妹勾我魂。

白牙牙齐来嘴唇唇红，
一对对毛眼眼亮又明。

满脸脸笑容真喜人，
牢牢揪住哥哥的心。

肆

千万年的黄河日夜流，
山曲儿世世代代唱不到头。

一晃又是数年过去了，就在2015年元月也是农历甲午年的腊月里，我再次来到河曲这块让人无法不牵魂儿的土地。不知怎么的，近些年来我对河曲民歌的事越发关注了，尤其是对那些相熟的歌手们更是常常惦念、记挂在心。他们现在还好吗？生活得怎样？特别是身子骨……因为，岁月不饶人，光阴催人老，他们毕竟都已上了年纪。我此去的目的，就是要在有限的时间里去尽可能多地看望这些故交老友，再从他们的嘴里听听那原汁原味的山曲儿、二人台。

　　今年的冬天不像往年寒冷，黄河河面虽然封冻了，可挂着霜白的薄薄冰层下透出深浅不一的水蓝，远远望去光影莹润、晶晶闪闪，一抹的清雅明秀。也许是这暖冬的天气，催得河曲人早早开了街市，就地摆放着的米面菜油、调味山货、大排猪牛羊肉、穿的戴的铺的盖的，还有红红绿绿、花花哨哨的春联、斗方、灯笼、彩带等等顺着道路两旁平行线似的一溜拉开，山曲儿似的叠着凋调的吆喝声绕得醉了人，此起彼伏飘飞游荡在天空。这里早早的已有了年味儿！这个季节，历来也是民歌、二人台戏班子开始忙活的当口，进入了腊月，随着年味儿越来越浓，演出的频次也逐渐密起来，直到正月里达到最高潮，城里乡村到处是唱唱跳跳闹红火的，空气里弥漫着山曲儿、二人台的韵味、音律……

　　我穿过街巷，敲开县政府大院隔壁一栋居民楼里张存亮家的门。开门迎出的是他的老伴，一件红毛衣配一头齐肩白发，文静中透着一丝的俏丽，还是那副中学老师的气质。她正是十七岁那年听了张存亮唱的山曲儿，一下子迷上了这位身材高大眉目俊朗的青年，以歌传情牵系了这辈子的姻缘。我进了屋，随从着穿过昏暗狭窄的过堂，眼睛寻找自己要见的人。就在这时，张存亮那"哈哈"的爽笑声先传了来，随即他人从侧屋的门里走出："我说咋一大早就听见喜鹊叫咧！"说着伸过那双还沾着水珠的厚墩墩的手。显然，为迎接我这位老友的到来，他精心打扮了一番，身穿一件新的棉夹克，头发梳得整整齐齐，连一排排捋出的发道都看得清。老伴儿不见外地冲我叨叨："听说你要来，今早起来他脸就洗了两回。"张存亮倒不介意，依然开着笑口，拽着我的手进了另一间向阳的正屋。

张存亮今年八十二岁了，身板儿还是健朗得很。这也应了他六年前在对全省的广播里说的那句话：唱山曲儿能长寿，解宽心、解忧愁。那是 2009 年 10 月 30 日，也是在此之前我与他的最近一次见面。我早有一个心愿：什么时候能把河曲这些祖祖辈辈生活在山乡僻壤的民歌手接到省城太原来，让他们尽可能多些人一起会聚在大众传播平台的广播里，好好向人们介绍这凝结着生命情感内核的山曲儿。因为，她是生长于中华文明沃土里的血脉根系，世人实在太需要聆听到这散发着泥土芬芳的民族文化魂宝的声音了！那日，这个愿望终于实现了，我一次邀请到了六位具有代表性的河曲民歌手——张存亮、辛礼生、狄兰瓣、刘宽来、周平治、贾彩萍。当时，他们最长的八十岁，最少者也近五十岁，累计相加在一起有四百二十多岁！记得那天，节目是晚八点档开始，而六位民歌手白天的"工作"被特意安排去晋祠观光览胜。到达目的地，陪同人员正欲购票，张存亮作为大家的"领导"挡前拦下，说票价太贵了，不能再叫"主家"花钱。说罢，他带头就要往回走。这可急坏了陪同人，一脸央求地望着性子率真的客人们。身量瘦小的河曲崔家第一村的周平治，小眼一挤眯成一对月牙儿，善解人意地"解围"道："都等等，让我跟人家说说看行吗？"不等存亮老人应允，他快步来到检票员前，一五一十道明了实情，最终说："……实在不愿意让人家为我们再花钱……你看这的行吗？你放我们进去，我们唱民歌给你听……"张存亮这位年近八十岁的老者也凑了上来，不住点头允诺，眸子里透出孩子般童真的期待……检票员被他们的淳朴真情感动了，手把着的铁栅栏慢慢开大了缝儿……民歌手们没有食言，周平治率先亮开嗓子——

为人娶上个好老婆，
啃糠咽菜也红火。

为人娶不上个好老婆，
倒不如进后山拉骆驼。

那妹妹软颤软颤担上两担水，
你下那山圪梁梁亲呀亲上个嘴。
……

晋祠，这个古老的皇族园林，自古以来恐怕从未响起过如此狂放的"山野之音"！
……

广播里响起20点的报时钟声，热线直播的"特别节目"开始了。张存亮等六位河曲民歌歌手坐进直播室，个个戴上耳机对着话筒，拉呱起那热熟的乡土，一串串动人的故事像黄河水似的止不住地往外流，激动难抑时便会随情唱起那揪心揪肺、拽着泪蛋蛋的山曲曲……这一夜属于他们——注入民歌灵魂的人们！
……

那一夜，唤起了听众心灵的共鸣，通过热线电话和网上留言交流的人比以往高了好几倍。六位民歌手也情难自禁，打开的话匣子关不住，山曲儿一首接着一首唱不尽，原计划2小时的直播节目一直进行了180分钟还无法结束……

眼前已八十二岁的张存亮，谈起那晚的事儿来还是显得有些兴奋，说他那一夜睡着睡着就醒了，嘴里的曲曲哼个没完。说着，他目光移向老伴儿，非让她去拿被子。我被弄糊涂了，到了还是老太太解疑释惑。原来，存亮老人要让老伴儿取出的是，那晚我当作礼物送给他们的蚕丝被，说到现在还原封未动地没舍得用，他为的是留个念想，记住这暖暖的情意。

张存亮是人们公认的河曲民歌、二人台的"活字典"，是健在的资格最老、研究最全面系统的专家。他是河曲县唐家会村人，那地方本就是民歌和二人台的发源地之一，有物证记载的最早的二人台"玩意儿"班子和《走西口》剧目就诞生于此，可以说从这个村走出的人没有一个不会唱的。张存亮也是因为唱，1951年十九岁时，走进了县文化馆业余宣传队，凭着一副好嗓子"大小村庄都转遍了"，全县出了名，人人都知道他的名字和唱的《王婆子选种》《赵三汉子山药蛋》等。当时，民歌成了向当地群众宣传党和政府方针政策的最通俗、最有力的武器，由此也出现了许多歌唱新社会新生活的新民歌。张存亮至今还记得那首六十五年前唱过的新编民歌——

> 一朵朵红花山顶顶上开，
> 毛主席带着那幸福来。
>
> 山前的彩云山后的雾，
> 毛主席给咱指出光明路。
>
> 山上的青松山下的花，
> 毛主席领导咱当了家。
>
> 朝阳阳开花头朝东，
> 咱一心心跟着毛泽东。
> ……

1953年，只有小学文化的张存亮迎来了"点化"自己一生最重要的人。这年秋天，中央音乐学院中国音乐研究所民歌采风队的八位音乐人，"从阳方口下了汽车，又骑上毛驴走了四天"来到河曲。张存亮被县里专门抽出来，随同协助北京来的人到乡村采风，其任务有三：一、向导，二、翻译（队员多为南方人，尤其听不懂当地土话），三、歌头(率众拉歌领唱的人)。他们走村串户近四个月，为了那原汁原味的山曲儿、二人台，几乎"甚的罪都遭够咧"。开始，人们着实的不理解，惊奇天底下还有吃饱了撑的跑山沟沟圻曲儿的人，说："有收铜收铁的，还没见过收山曲儿的！"结果，常常是村人围着他们看，或是他们追着人家屁股后面转。幸亏有了张存亮，又是唱唱跳跳当"歌头"，又是掰开揉碎作"翻译"，这才说服了群众打开了局面。

张存亮老人望了眼沾着水雾的窗外，仿佛又看到了当年的情景，道："也就是这么个节令，快要过年啦，他们带着最后采集到的四百多首不同的曲调、两万多首词、三十多首二人台回了北京。后来，他们出版了《河曲民歌采访专集》，出第二版时改成《河曲民间歌曲》。一晃五十二年啦，真快！自打那以后，我就再也没有离开过民歌、二人台。"老人搬出厚厚的相册，一页一页翻过那尘封在光影里的岁月，讲解着在他记忆中永不褪色的鲜活故事。

1957年，在张存亮老人的心里，珍存着河曲民歌、二人台历史性的辉煌一页，每每讲述起此情此景，都还会像当初热血扑红脸蛋一般激动。这年的三月，第二届全国民间音乐舞蹈会演在北京拉开大幕，作为代表山西参演的河曲文工团，以张存亮为团长且作为领唱、李有师等世家艺人的十二名演员登上了首都大舞台。他们唱响了来自黄河岸畔农家百姓的歌喉，一连演唱了《打蓝调》《推船号子》《倒卷帘》《唱河湾》等曲目，赢得了来自全国同行的一致称赞。他们做梦也难想到，曾经为熬苦日子"解心宽"、混口饭吃"讨生活"的唱曲儿人，如今竟登上了全国最高的大雅之堂。不仅如此，在中南海的怀仁堂，周恩来、朱德、邓小平、彭真等党和国家领导人接见了参会全体演职人员，河曲二人台的两个娃娃演员被周总理亲切揽入怀中定格为永恒。

显然，这些往事又将老人带入了年轻时的激越情怀，他站起身，伸出那对有些弯曲的胳膊，攥拢双拳，比画着劳作动作，一口气接连唱起《打蓝调》和《推船号子》——

打蓝哥哥唱起打蓝调，
才把妹妹的心揪住。

蓝苗苗本是风流草，
制成蓝靛更时髦。

小妹妹穿上一身身蓝，
好比九天仙女下了凡。

蓝布衫衫蓝布裤，
咱是解放区的翻身户。
……

黄河水长流，
船儿水上走。

扳船嗨撑船，
每日水上游。
春暖冰河开，
大河换新颜。

河路汉推船，

大河谱新篇。

……

　　不管多会儿听张存亮唱歌，总是有一种像喝了"海红蜜"般的享受感、满足感。他演唱时有个鲜明的特点，无论是在台上台下，只要开口必配合有动作，开合适度，既不失舞台艺术表现力，又不丢劳动生活的原发性，富有那种从黄土圪梁上长起参天之树的张力！根基在，何愁绿树成荫，百花争艳！！张存亮这辈子装进肚里的曲曲和其背后的事与人都海了去，你问起哪首曲儿哪个调儿、哪出剧哪个人，他都能不加思索地连何年何月圪村家户谁人所唱通通讲出来，人称其"活字典"实不虚名，在我看更应视为河曲的"活宝贝"！早已退休的他深知自己对这方水土的价值和使命，在县老年大学创办了民歌、二人台演唱研究系，不定期地开设学术讲座，每天下午还雷打不动地"正规"搞排练、吊嗓子，不光吸引得老头儿老太太们挣抢着往过跑，就连年轻人也装作一把岁数地往堆儿里混。别看他们不是什么打着名号的剧团，可声望不小，经常被请去到企业、单位或乡里村里演出。为此，张存亮美滋滋的，好像从没退休过，自打当上"团长"这个角儿便没有"卸妆"过。不仅如此，他从实战经验到理论素养还真就不含糊，谁不服都不行，前几年竟然撰写出版了两本大部头的学术专著《二人台探踪》《二人台史略》，留给后人一笔永久的财富。老人把这两本书送到我手中，眼里含着释然而又期许的目光。我捧着它，觉得沉甸甸的，这分明是老人对家乡及其民歌、二人台倾尽一辈子的深情厚谊和那一腔热血啊！

　　对民歌、二人台的传承，一直是人们关注的老问题。记得二十多年前，我就组织张存亮、贾德义等县里的专家、歌手共同探讨过，这次相见自然还是避不开这样的话题。张存亮双眼注视着窗外，语调平稳地缓缓说："毛主席讲推陈才能出新，什么事情都有它的发展规律，只有在老的、传统的基础上才能提高，纯粹讲出新不行。听现在的民歌、二人台总感觉不对味儿，老味道没了，用河曲人的话说就是酸粥味、酸饭味少了。有的人总想着弄上点洋味儿，说这才潮流。还有反映生活的少了，纯粹说笑的多了。歌里早就说了，山曲儿本是肚里生，心里有甚就唱甚。这是艺术创作规律，深入生活是第一位的，这才味道浓，跟百姓密切，群众爱听。现在中央强调改变文风，咋改？还是多接近群众！像我们过去搞文艺的，首先是下乡跑，平时回城关的很少；现在是出城的很少，除非来请才下去。这样久了，怕是连乡村里的土话也听不懂咧……"

我看着眼前这位当年给采风队的南方人当"翻译"的张存亮老人，深知他还想要说什么……

……

（二）

还是像当年约定的情景一样，我和贾德义又在黄河边上的"西口古渡"广场见面了。同以前不同，他身后多出一群穿红着绿、腰扎彩绸花带的队伍，其相貌均为中老年、妇女老太居多，每个人脸上都打着艳艳的腮红。

贾德义压根不管有多少看客围观，大喊一声："我可想死你咧！"便张开枯瘦的双臂拥抱过来，多日未刮的胡子随着头的晃动扎得我脸生疼。他那臂膀箍拢着一紧一抱的蛮劲儿，真让人看不出已是七十八岁的人了。

我趁着拥抱之机，冲他耳朵说："听有人说你生气了，嫌我没第一个看你？"

贾德义眼一挤："哪能咧！我老贾是那种人？"说着，"嘿嘿"凑近，压低声音道："不过，说心里话，你还是应该第一个来看我才对。"

我俩人的笑声跳荡在黄河上……

贾德义扭转身，拽着我的手腕往队伍里去，待人到围场中央，他做了个夸张的导引手势，拉着声调介绍："这是我的广场表演队，多时五十来人，叫——田野组合！"说罢，他一挥手，带领着大家一起鼓掌。面对这样的礼遇，让人不知该如何是好。我正躬身以示谢意，不料贾德义这个"歌头"已手持四弦琴落座在了小凳上，高挑一声吆喝，吹拉弹唱地喧腾起来——

　　　　天上的星星地上的水，
　　　　这地方唱山曲儿人人会。
　　　　山曲好比葫芦里的油，
　　　　生在咱肚里出在咱口。

　　　　山曲儿就能顺口流，
　　　　多会想唱多会有。

　　　　河由人都有出口才，
　　　　看见甚也能唱出来。

　　　　石捣石捶石圪垯，
　　　　山曲儿都是些实心话。

　　　　红红的阳婆圆圆的月儿，
　　　　劳动人留下个唱山曲儿。

　　　　大河水长流不断，
　　　　山曲儿永世唱不完。
　　　　……

广场上的人越聚越多，都被这散发着浓浓"酸饭味"的歌声牵住了心。他们中有当地人，也有不少一听口音便知是外地来的游客，男男女女、老老少少，踏节起舞，随声附和，一曲唱罢，叫好的、喝彩的、鼓掌的喧天欢腾，此起彼伏。不怪河曲人都叫贾德义"歌疯子"，这下子他带领的"田野组合"收不住了，什么《打蓝调》《挂红灯》《打樱桃》《五哥放羊》等等一连唱了十多首，让人见识了河曲人唱民歌，就像那滔滔不绝的黄河水一样是怎样往外流的。

的确，我见过的河曲人都像贾德义一样热爱着自己家乡的民歌、二人台，不论走到哪里，甚至都离开乡土几十年了，还会在兴头激起或是酒酣之后不由得要唱上几段儿，而且发声叠调仍旧是不改的土语乡音。眼下的"田野组合"更是有坐阵"主场"的神威，我每次感叹这个群体的表现时，贾德义都要赞同地加重口气道："因为，本地人不爱本地人自己的东西就没了自信，人是，国家也如此！"他在肯定的同时，总也不会忘了狠夸一下自己："而我对山曲儿、二人台是酷爱，爱了一辈子哭了一辈子。甚都可以少，就是不能没了这！"老贾就是这么率直的人，爱恨情仇都写在脸上，也只有他才能放胆说出这样的"疯话"来——"在河曲，我贾德义是亘古一人！"他说的这话是狂放了些，可从父亲、爷爷再往上数"唱了好几辈子"确也是事实，可谓传承有序、宗脉世家；正因如此"底气"和"气概"，他才会编著出版了《河曲二人台全编》(后更名为《山西河曲传统二人台》，因为一位老艺人让他醒悟，再多的文字音符也不可能囊括"全"了)等七部著作。

贾德义的妻子也是唱民歌的高手，现任"田野组合"主力唱将。她趁着广场演唱"中场"暂歇，凑到与我畅聊正兴的贾德义身后，突然插嘴"告状"说："我和孩子谁说他也不听，一个人住在破庙后的烂平房里，水自己担炉自己生，全县最穷的人也不住那儿。他把钱全拿去出书了，说要把一生都贡献给它！"

贾德义闻听一急，"吱扭"拉响了琴弦，瞪老婆一眼："去去去……"接着毫无顾忌地发出爽笑道，"你懂得甚！不管酷暑还这数九，我带着'田野组合'兄弟姐妹们天天在这古渡口演唱，已有五十多万游客听了我们的河曲民歌和二人台。这其实就是河曲的灵魂啊！那年美国哈佛大学一个音乐博士专门寻到河曲，我问河曲民歌好不好听？他竖起大拇指说，好听！绝对好听！！要问我最大的愿望是什么？很简单，就是让河曲民歌和二人台在河曲人人都唱起来，不要丢失了；再加上同其他艺术的互相碰撞，结出新花、生出娃娃，结生出更漂亮、聪明、好听好看的新民歌、新二人台来！"老贾的一番话说得十分动情，引得围观的人一阵阵鼓掌喝彩。他兴致更高，情绪不能自控，眼看着日落西山天色已晚，可还是不由分说非得再唱一曲二人台的经典之作《走西口》不可。于是，那出揪着河曲人真魂魂的二人台《走西口》，再一次以每每不同的演绎方式，及各有情愫的表达回响在亘古流淌的大河岸畔，令人荡气回肠……和着黄河古渡的风声，他不容推辞地向我郑重邀约，为他新编著的长篇巨著《北方两句头——晋陕蒙传统山曲儿实录选编》作序，未及回过神来，他已抓起我的手击掌敲定……

　　……

（三）

　　一大早，我如约去县文化馆，谁知刚一进大门，恰好遇上要寻访拜望的韩运德。他正低着头碎步朝外而来，边走边往腰兜里揣那串"哗啦啦"碰响的钥匙，抬头忽见我至，呵呵笑道："我正是出来迎你的。"说罢，转身往回走，又将手重新伸进腰间再去摸那串钥匙。

　　韩运德今年七十五岁，满头的白发和驼着的背总显得比相仿年纪的人要老态些，而且那张线条匀和的面容配上了一对弯若月牙似的眉眼，常让人乍一看误以为是位仪态慈悲的老太太。他是人们公认的河曲"情歌王子"，曲调"拿不住人心"不吐口，中国音乐学院对其唱法进行过研究，还专门请进课堂面授示范。

县文化馆还安置在明代建造的文庙院子里，第一任馆长张存亮几十年前曾带着剧团的人们在这里出出进进。早已退休的文化馆员韩运德的家一直就安在大庙东北角的小院里，究竟有多少年了不知道，反正自打我们认识他就住这儿，而且是孤身一人独处一室。听说，他原来也有过妻子，还生了个儿子。可哪料，妻子不到三十岁就病故了，他独自把孩子拉扯大。待子成家立业另立门户了，他还是坚持一个人独守只有十几平米的小屋。好心人也操心过他的婚事，可他说成啥也不再"续弦"，每天只管蒙头埋在山曲儿堆里抄啊写呀，"谁叫也叫不醒"，人们不解地私下议论他是让民歌、二人台给拽去了魂魂迷住了窍！

"又有几年不见了，您身体好吧?!"我随在身后问。

韩运德将钥匙插进锁眼儿开着院门，回答道："哎——，可不行咧，快没气了。"

进了整洁的小院，韩运德又去开屋门。我顺眼望去，窗户左上角的横木上钉着一块期刊大的金属牌子，面上压制着两排字：国家非物质文化遗产河曲民歌传承人韩运德工作室。

进到屋里，洁净的十多平米的空间摆设得还是那么简单，与早前我熟悉的环境没有任何变化：窗前一张小桌配一把靠椅，中间硬板单人床上辅着浅色的布罩，靠墙立着一架双开门书柜，侧旁一只窄小的老旧沙发。

韩运德有件事一直让我挂念，无法淡忘，那便是当年见到震撼我心的、倾注了他几十年心血创作、整理的两千多首河曲民歌。当时，他从柜子里抱出足有两尺高的稿纸让我看时，真叫人吃惊不小！一首首歌曲的词谱被清秀的钢笔小楷抄写在纸面上，横竖齐整，排列有序，一丝不苟，简直不亚于印刷体。韩运德抚摸着摞起老高的文稿，表达着心愿："我想着有一天把它印成书出版了。不过，要出就一首不丢地全出，不能拆开!"原来，已有出版社看上了这个选题，也表示愿意印刷出版，但要从中精选一部分。韩运德一听就不干了，抱回原稿又锁进了柜子。后来，也有不少出版商或"热心人士"找上门来，应承下要出全本书，可都是热热闹闹说完了，回去就再无音讯了。

这次又见面了，我自然开口提出的还是这最关心的问题："你的歌曲集出书了吗？"韩运德的回答着实令人惊讶，他十分干脆道："不出了，绝对不出了！他们把我哄的，今儿这个说出呀，明儿那个要出呀，都说过多少回了，我再也不想出书这事咧！"他说着，又从那串钥匙里找出一把，扭开书柜上的锁子，打开上层的两扇门："我看现在这样就挺好！"——同多年前第一次看到手稿时一样，呈现在眼前的情景又一次震惊了我：书柜的最上一层，齐齐整整竖立排列着硬壳精裱套封盒，好似古代线装书的包装形式，目览序号有十"函"，厚有两寸的匣脊之上醒目印着《河曲民歌》。开始，我以为他已将那些注入心血的文字和音符正式出版了，前面所说的"不再想出书的事"是故意卖个关子，可当取出一册打开套封才知道，原来它只是主人仿效"宫廷典籍"的模样自制的精美包装，内里套装着的是用线装技法订合的纸本，打开先是扉页，上面工工整整只有两排大字：河曲的民歌如流水，世世代代唱不到头。翻过这一页是歌曲的目录及页码标注，接着续后的即是一页页格式规范标准的歌曲词谱，而再一细看，那一行行一段段清晰的纯黑色文字及谱码并非印刷体，竟然还是那一丝不苟的清秀钢笔楷书！这是韩运德老人用自己的方式为自己"出版"的书，是他对自己一生心血的"体面"集成与尊重，更是对家乡艺术的挚爱及别样致敬！！

韩运德是河曲巡镇人，那是闻名全县及业界知名的河曲民歌发源地之一。他从小在娘怀里听着山曲儿声一天一天长大，毛头小子时就成了远近出名的"好嗓子"。从上世纪六十年代开始，韩运德动手搜集民歌，慢慢学习乐理又转向创作民歌，都五十多年过去了，这已成了像吃饭睡觉一样的"生活习惯"。这不，见我来了，他又拿出一张抄写着词谱的白纸给我看："这是我前天半夜起来写的新歌，叫《小心心上分外甜》。你听着啊——"说着，嘴唇收紧，气韵声发——

哗啦啦啦的河水，

速来来来的响；

水灵灵灵的姑娘，

脸蛋蛋上放红光；

红润润润的嘴唇，

白生生生的牙；

爱的哥哥浑身滚烫，

小心心上乐开了花。

哎哟哟咿儿哟，

哎哟哟咿儿哟，

爱得哥哥浑身滚烫，

小心心乐开了花。

……

　　韩运德一口气唱完了他的新作，长长的尾音拉没了，可配合着歌曲意境的笑意还浮现在脸上。

　　"您一唱歌人就全活了，可看不出没气了，足着呢！"我感慨着他投入的状态，鼓着巴掌说。

　　韩运德摇摇头："可不行咧，唱一会儿就出不上气了。"他喘口气，抬起头看着我，眼神儿透出认真且深邃的光，道："我有个体验，唱歌不一定像阿宝唱得那么高，唱歌就是唱情，唱出情来，你唱的歌必然会打动人家。我写的歌大部分是情歌，我觉得情歌是民歌的主题，情歌也是民歌的精髓。"他说自己这辈子爱的就民歌这东西，没情不写，没情不唱，动情时不管甚会儿，"想起词来我填上曲，想起曲来我再填上词"，"河曲民歌情歌多，老少大小都喜欢听也愿意唱，所以我唱的时候特别注意情感，每唱一首民歌就要看怎么吐字，吐字是应该先出气还是先出声。先出气还是先出声截然是两回事儿，先出气说明你是真心想她了，如果先出声就是哄人了，根本不是想她"。好个"情歌王子"！这人送的称谓可不是虚得来的，他居然就一个"情"道出了如此精妙的一番心得，难怪中国音乐学院非把他请去"就说就唱"讲座河曲民歌不可呢！韩运德说着，为了验证自己的"理论"，又像给学院师生示范那样唱起了经他改编过词的《打樱桃》，而且令人想不到的是开头第一声拉着长调的气声，竟一口气不断地足足拽着音调"爬高"了十五秒钟——

> 哎哟——
> 我和我的小妹妹，
> 说说笑笑，
> 叨叨啦啦，
> 一搭搭走，
> 去打樱桃。
> 过了河上山坡，
> 小妹妹揪后襟拉住哥哥我。
> 乐得我那小妹妹，
> 她脆个铮铮，
> 甜个盈盈，
> 笑个嘻嘻，
> 叫呀叫哥哥。
> ……
> 妹呀妹坐在阴凉地，
> 哥哥我赶紧挨过去，
> 我和我的小妹妹，
> 亲亲热热，
> 甜甜蜜蜜，
> 紧个绷绷，

亲呀亲了一气嘴

……

"唱得太好了，心都唱醉了！"我情不自禁赞叹，不知何时已泪流满面……

分别时，我拉住韩运德的手郑重道："您要好好保重身体，明年我再来看您。"

韩运德还是那样平和地淡淡笑笑："明年？唉！没气了，离死不远了，怕明年你再来就没我咧……"

屋子里陷入了沉默……

韩运德自觉话说得有些唐突，似有意解除尴尬，又摸出那串钥匙打开桌子的抽屉，取出一个本子来，慢慢打开指给我看，他说："这就是我对自己一生写民歌的总结。"

我的水平太寒酸，	给个八字无处安。
七个数字来回转，	绞尽脑汁往里钻。
稿纸废了几筐篮，	民歌写下一大摊。
曲调难听不拐弯，	歌词没味胡乱撰。
翻来覆去瞎纠缠，	七颠八倒来回返。
素材缺少路不宽，	旋律单调难施展。
硬着头皮瞎盘算，	疵拼架舞充好汉。
放开喉咙来吼喊，	观众听得心上烦。
虽说大家没刁难，	心中愧色滚浪翻。
思来想去实在惨，	创作民歌太艰难。
寻找原因回头看，	知识贫乏把路拦。
要想民歌人喜欢，	脚踏实地从头干。

不耻下问多流汗，　　努力学习不间断。

只要虚心常听看，　　请教老师勤写涮。

三日五来五日三，　　总有一天会灿烂。

……

（四）

走进黄河边的楼子营镇辛家坪村，远远就听到以扬琴、四弦琴、笛子、四块瓦、梆子组合演奏的声音，这五样家伙是二人台典型的乐器配置，也是衡量一个戏班子是否具有"专业"水准的标志。不用问，这声音肯定来自辛礼生的家，因为村里的文化大院就设在他家，每天想唱唱跳跳的村民都往这儿聚，再加上辛礼生本就是个比河曲县名声还大的民歌手，是全村的"名片"和文娱生活的领头人，这热闹的响动自然而然地也就发自了他家。

我绕过村口那三棵钻天的白杨树，寻声拐过几道巷子便来到了那发出乐奏的院子，大门是敞开的，男女老少围满了一地，有唱有跳有欢有闹，自在自足自满得很。此时，辛礼生正站在人丛当中，摆手指挥着大家各就各位，俨然统筹全盘的现场导演。他今年有七十七岁了，可从身板儿上看不出什么老态来，不高的个子精瘦精瘦的，背一点不驼，手脚还挺麻利，特别是说起话来发出的特有的尖音仍是那么响亮。我俩相识于三十年前的1985年，当时也正是坐在这座院子的那棵海红树下"拉呱"的。当时我问他，如今农村包产到户了，这样的政策好不好？辛礼生乐得合不住嘴地连声道："好！好！每天早晨不用听队里敲钟出工了，觉够睡咧！地划归自家承包了，想种甚种甚，想甚会下地甚会下，时间都由自家安排。这样的政策就是好！"他说农忙时自己在地里打理庄稼，一得空闲就赶着牲口拉上六车跑些"副业"，挣点现钱补贴家用。他四十七岁正当年，手勤脚快肯出力，又有一副高亢嘹亮的好嗓子，自然找上门来的营生就越来越多。因此，那时的辛礼生是个远近有些名声的唱的一口好听山曲儿的赶车汉。记得，我们在这座有四间南房的院落攀谈时，辛礼生脸上始终透发着心满意足的微笑，一看便是那种因日子过得殷实而气定神闲的农民。不过，当时他唱民歌仅是出于爱好，吼喊着逗逗乐解解闷，所唱的山曲儿多是从老辈子或别人那儿学来听来的，处于原生的"模仿"状态而少有自觉"创作"。因此当时在表达对现行农村政策的欢愉心情时，仍然借用了自己小时候学的一首民歌——

> 大红公鸡窗台上卧，
> 八路军进村好事多。
>
> 分了房子有了地种，
> 日子那越过越红火。
> ……

后来，随着农业政策进一步深化，加上风调雨顺的好年景，农民逐渐都富裕起来，不仅粮食够吃还有了储蓄、现钱，人们对文化生活的要求也高了，经常有村里组织或是娶亲、祝寿的家户雇请民歌、二人台"戏班子"来演出。于是，辛礼生开始了"转型"，迈入了人生半世之后的辉煌道路。从那时起登门请唱的越来越多，他的名气也越来越大，不仅在本县唱出一片天，还在隔河的陕北、内蒙一带叫响了名头，再后来又唱红了省城太原，唱响了首都北京，唱上了中央电视台和人民大会堂的大舞台。国家级权威人士听了这位来自山野乡村农民的演唱，啧啧惊叹，将他与世界男高音相提并论，称其漂亮的高音比帕瓦罗蒂还高八度。通过辛礼生的歌声，更多的人喜爱上了河曲民歌、二人台，也认识了山西汉子的纯朴和这方神奇的水土。然而，成名之后的辛礼生却没有走世俗人眼里那条"顺理成章"的举家入城的"星光大道"，到现在家还在河曲楼子营的辛家坪村，人还是地地道道的农民，习惯吃的还是家乡那酸捞饭，演出一结束还是"没出息"地日夜兼程往回赶……这些年来，我几乎每年要在太原的剧院后台见到来演出的辛礼生一两回，当问起行程时，他总是以河曲人特有的"电报语"作答——

问："您什么时候上来旳?"
答："夜儿(昨)个!"
问："什么时候回去?"
答："明儿个!"
问："有什么要办的?"
答："没!"
……

辛礼生身着的从来是那风格一贯的标志性演出服——头扎白毛巾、身穿对襟白褂和肥腿红裤，脚蹬千层底人字口布鞋。每次与他的对话都简约得不能再省了，只有从脸上始终绽放着的笑容读得出其内心涌泉的清澈和对生活的满足感。每到这个时候，我总会不由想起那首辛礼生常唱的河曲民歌《三天的路程两天到》——

不大大的小青马马多喂上二升料，
三天的路程我两天到。

赚了银钱我回口里，
赶上路程我眊妹妹。

瞭见南山我真高兴，
赶上路程我看母亲。

过了黄河我下了船，

欢天喜地我往家返。

……

如今，院子还是那么大，而冲街的大门翻修过了，原是土坯的四间房子也都砌成了砖墙，门窗漆红刷绿地装饰一新，一副富足康宁的农家景象。辛礼生见我来了，喜出望外地瞪大眼睛，嘴里直个劲儿地叨嚷："欢迎！欢迎！"我知道他一个多月前做过一次前列腺手术，于是关切地询问康复情况。老辛一摆手，依然中气十足道："手术做了三个多小时，也费劲儿了，可我不像别人，身体恢复得特别快。甚的原因？我想就是因为唱民歌唱了一辈子了，心情好身体也就好。民歌能给人带来欢乐！"他习惯性地拍了一掌胸脯，自信满满地说自己像以前一样硬朗，而且前几天就已随县剧团上省城大剧院登台演出了两场，再过几天要再赴太原录制省电视台的《民歌春晚》节目，待春节一过还要应保利剧院邀请进京演出。辛礼生讲这些话时，流露出的自豪感随着一道道笑纹都写在冬日阳光照射着的脸上。他看看围拢着的乡亲们，深吸一口气："我的愿望就是把老祖宗留下的东西发展起来，让民歌、二人台走到全国，这我就歇心了！"说罢，他高挑一声，指挥着大家以特有的方式表达了对来客的欢迎，顿时乐队那欢快的伴奏声喧起，紧接着群口演唱的二人台《挂红灯》充盈了整个院落，荡漾在了晴远的天空……

歌声使辛礼生家成了辛家坪村的欢乐源发地，村里人不光习惯了一闲下了就往这儿跑来闹红火，还想着让他们心目中的"歌唱家"面传心授、点拨提高。他从来就把自己定位为农民，自然也没有什么"大牌"的架子，谁来都行，想学都教，阿宝没出名时也曾拜在门下讨教过。辛礼生深有感触地说："农民就像庄稼一样得长在地里，离不开乡亲啊！唱民歌、二人台也是一个道理，不接地气、脱离生活就不会唱了，没那个味儿咧！"所以，他从来是外出几日就赶紧又回到村里了，离不得这片乡土，离不开乡亲们。就说种地吧，辛礼生如今早已用不着靠打下的那几石粮食养家糊口了，可那地里营生是农民的本分，也是流出山曲儿的源头活水。辛礼生说："在地里干完活儿，扛上农具往回走，就走就哼哈上两句，高兴了走到哪儿唱到哪儿，从来也不觉得有什么忧愁、烦恼，因为有民歌、二人台伴着你。到了外面有人问，你那好嗓子咋练成的？我说，只要你扛上锄头往山上爬，嗓子自然就高亢嘹亮咧！你听，这首《眊亲亲》就是站在山圪梁上唱的——

> 头一回我眊你来呀，
>
> 十里那路途，
>
> 过了一段河呀，
>
> 爬了一道山呀，
>
> 我累了一头汗，
>
> 走到你家大门口呀，
>
> 我心锤锤跳呀，
>
> 脸蛋蛋烧呀，
>
> 进不是个进来，
>
> 退不是个退呀，
>
> 作了难呀，
>
> 亲亲。
>
> ……

我正与辛礼生聊得热乎，突然身后冒出一句熟悉的声音："可把你给逮着咧！"转身一瞧，原来是贾德义。

辛礼生同贾德义是相识五十年的老朋友，平时就多有交往。因此，不等我搭话，他俩儿已热人热语地招呼问候上了。村民们见是名震八方的贾老师"大驾光临"，呼啦啦也都围了上去，这个唤一声那个拍一把亲切得像迎来了亲戚。待稍静下来，贾德义把夹在胳肢窝的一只厚墩墩的牛皮纸大信封塞给我，拍拍空了的手说："我可交给你了，就等你写的序了。"这我才弄明白，他是特意从县城里一路找来的，专为送那部《北方两句头——晋陕蒙传统山曲儿实录选编》书稿，信封里装着的正是老人家一早跑到街上的文印社，自掏腰包花两百多块钱打印并装订成册的文本。用当今网络上流行的一句热词来说，这河曲老汉就是这么"任性"！

我将老人的书稿捧在手中，深知他交给的是为河曲民歌、二人台每个音符而怦然跳动的那颗心！

……

辛礼生与贾德义交道半个世纪了，对其"歌疯子"的脾性把得很准，懂得这院里扬动起的吹拉弹唱是多么的撩拨人心，于是不容迟疑地拽起老伙计的胳膊就上了"歌台"，冲着满院的乡亲们说："我俩交往大半生，还从来没有同台唱过，今天我就要实现这个愿望。"

贾德义早欢喜得眉眼都弯了，手拍的"呱呱"直响，挑高嗓门呼应："好咧！我二人平生是首度合作，大家竖起耳朵听上来。"

唱甚？二位老人目光一碰，无须商量，心有灵犀地同声一曲：《五哥放羊》。

乐队奏响了那飘荡在黄河边上古老而熟悉的旋律，两位命根子扎在这方水土里的痴情老人抖开了嗓子放声高歌。我敢说，这是河曲历史从未曾有过的可与之类比的情形，这一次的两位当地顶级民歌手的即兴合作，一定会被人们记住并传为佳话。

唱罢一曲，两个老汉的兴头才刚开始。贾德义摸一把嘴上的胡茬，夸张地瞪大眼球问我："咋地咯，两老汉唱得够味儿吧？"

我由衷地拍响巴掌，赞叹："好听！真没想到你俩第一次合作就这样默契。借你当年的话说，是亘古一唱！"

贾德义哈哈一笑，猛然又伸出他那招牌式的大拇哥手势，道："我们两个老汉是亘古一对!"

辛礼生也开心笑着插上话:"可不是咧,老贾七十八岁,我七十七岁,加起来整整一百五十五岁啊!"

两位老歌者的话,惹得满院子的乡亲们阵阵爽笑,强烈要求他们的"亘古对唱"继续下去,好让大家伙听个饱、品个醉。

辛礼生攥起贾德义的手,神情激动地对大家说:"千万年的黄河日夜流,山曲儿世世代代唱不到头。唱!今天唱,明天唱,身体只要不倒台就唱下去!"

贾德义一声应上:"对咧!今天咱先唱个够。起调《拜大年》。"话音未落,他习惯性地双掌击拍指挥起了乐队。

辛礼生率先亮出了第一嗓,那极具穿透力的漂亮的高音划破天空……

> 过罢大年头一天,
> 我和我的那连成哥哥来拜年。
> 一进门,把腰弯,
> 哥哥拜,妹子把你搀,
> 乃是咿哟咳,
> 咱兄妹二人拜得一个什么年?
>
> 正月十五闹花灯,
> 我和我那个连成哥哥去观灯。
> 西瓜灯,红彤彤,
> 白菜灯,绿个莹莹,
> 茄子灯,紫腾腾,
> 圪柳把弯黄瓜灯,
> 乃是咿哟咳,

还有那斯喽喽起火带炮，

乒乓两盏灯呀，

乃是咿哟咳

……

原本，我这次河曲之行还想去唐家会村探望民歌老人李有师，他是历史上名声赫赫的"五云堂"玩意儿班子的传人，清同治二年(1863)创建时的头号人物李有润即是其先人。现存最早即光绪十一年(1885）的二人台《走西口》及《小寡妇上坟》手抄传本的落款便明确注录了"五云堂玩意班戏文"字样，就连勘考到的最久远的河曲大墕蔫古戏台上的演出题壁也出自"五云堂"。李有师从小耳濡目染，深得真传，可以说是靠民歌、二人台吃饭的世袭艺人。他肚子里装着的山曲儿和二人台如滔滔流水，"点甚有甚唱甚会甚"，因此年纪轻轻就成了晋陕蒙黄河一带的名角儿，1957年的那次进京全国会演是响当当的河曲表演团的绝对主力。我对李有师的专访先后有过三次，时间跨度二十多载，记得最近一次是2008年，当时他已八十三岁，身体不太好，双目白内障，行动十分不便，故而每天大多时候坐在炕上。听说我来了，这位老人说甚也要下地迎接，拄着拐杖走出屋门，不过他没聊几句话便撑不住靠墙坐在木凳上了，双目失神望着想必已看不清的来客，嘴里不停地叨叨人至黄昏的无奈。我看着这位当年歌声动听、神采飞扬的著名艺人，不觉感触到一丝人生晚景的清冷、凄凉……然而，不曾想到，我这次来到河曲才得知李有师已经故去了。究竟他逝于何年何月、是怎么走的、留下些什么，我不想再细问了，唉——，斯人已去，一切都不重要了！

此次河曲之行，在了却心愿的同时也带给了我沉甸甸的思考，难道李有师就是植根于故土的民歌人的命运轨迹和归宿吗？他们固执而任性地坚守着自己的文化基因来到世上，又默默无声地悄悄离去……如今，中国的文化多元性已足够有国际化的包容气派，人们对世界流行艺术和明星等了如指掌，特别是追逐"新潮"已成为当下社会的所谓时尚。这本无可厚非，可反观于己，我们对中华民族传统文化的态度又怎么样呢？客观地讲，情形不容乐观。继承与发扬且不论，仅从态度上就缺少了应有的尊重、自信。闹闹哄哄的这个赛那个奖不少，可有几个是给民间传承者设的？这仪式那盛典上加冕的"天王""歌后"等等不少，可又有哪个是真正从乡野里走来的？我以为，时下的中国人最迫切的是需要续接上中华民族传统文化精髓的根脉，若此则必须像崇拜图腾一样，虔诚地投入于蕴藏着中华灿烂文明的沃土，而其血流未斩、生生不息活着的基因传承人正是这些生死不离乡土的民间艺术家！我们应该向他们致敬，为他们喝彩，给他们树碑，封他们名号，也只有他们才真正配得上！

下面是我个人满怀崇敬给予当今河曲一部分民间老艺术家代表人物的"尊号"——

"**歌圣**"——张存亮（1933年10月8日— ），河曲县唐家会村人。他长期致力于河曲民歌、二人台的搜集、研究、传承，被公认为"活字典"，出版过专著《二人台探踪》《二人台史略》等，由其主编的《河曲民歌采访专辑》《河曲民间歌谣集成》等三本集子成为最早研究和整理河曲民歌、二人台的书籍。他是第一位把河曲民歌、二人台带上首都北京大舞台的人。张存亮还是位出色的文化工作管理者，曾任县文工团团长和县文化馆馆长，培养出大批专业人才；1985年重新挖掘、恢复断档三十六年的河曲放河灯习俗，并作为总负责人组织举办河灯会十余年。他被授予 山西"民间艺术大师"、全国"共和国之星" 等荣誉称号。

"**歌神**"——李有师（1924年3月15日—2012年6月8

日），河曲县唐家会村人。二人台世家，其曾祖父李有润早在光绪年间即是"五云堂玩意班"著名二人台演员，到他已是五代传人国家级非物质文化河曲民歌传承人，人称"风搅雪"。李有师一生演唱了众多河曲民歌和二人台传统经典曲目，尤其是以扎实的功底、精妙的演技塑造了许多二人台剧中的人物，成为广受大众欢迎和喜爱的民间艺术家，百姓俗语有赞："二人台请到家，李有师的刘干妈。"（热心诙谐的"刘干妈"是二人台《探病》中的主要角色），各级政府部门及团体授予他多项荣誉。

"**歌癫**"——贾德义（1938年9月16日— ），2009年6月，被评为国家级第三批非物质文化遗产河曲二人台代表性传承人。二人台专著有《河曲二人台》《二人台》《西北风情歌》《山西河曲传统二人台》《大河西口古渡·河曲民歌》《山西传统二人台传统唱腔牌曲全编》等。

"**歌痴**"——韩运德（1941年2月13日— ），河曲县巡镇镇河南村人。2009年6月，被评为国家级第三批非物质文化遗产河曲民歌代表性传承人。多年来搜集二人台传统剧目92个，二人台曲牌90余首，传统河曲民歌600余首，创作河曲民歌1500余首。

"**歌王**"——辛礼生（1939年？月？ 日— ），河曲县楼子营镇辛家坪村人。2007年12月，被评为国家级第二批非物质文化遗产河曲民歌代表性传承人。代表作品《三天路程两天到》《割莜麦》《水刮西包头》《五月散花》等。

......

在河曲，卓有成就、深受喜爱的民歌、二人台等传承人与民间艺术家还有许多，恕我不能在此一一冠以某个尊称、雅号。不过，我还是要以郑重的方式将他们列举如下，以示尊崇与敬意！——

吕桂英，2007年12月，被评为国家级第二批非物质文化遗产河曲二人台代表性传承人，代表作品二人台《走西口》。

杜焕荣，2009年6月，被评为国家级第三批非物质文化遗产河曲二人台代表性传承人，代表作品《走西口》《打樱桃》《五哥放羊》等。

许月英，2012年12月，被评为国家级第四批非物质文化遗产河曲二人台代表性传承人，代表作品《走西口》，成就独特"许派唱腔"风格，多次在全国大赛中获奖。

赵六十一，2009年3月，被评为省级第二批非物质文化遗产河曲灯会代表性传承人，祖传民间艺人，上世纪六十年代起专门从事河灯制作，工艺精湛。

王永茂，国家二级演员，2011年11月，被评为省级第三批非物质文化遗产河曲民歌代表性传承人，央视曾为其制作专题片，多次参加国家、省级大赛并获奖。

杜全居，2011年11月，被评为省级第三批非物质文化遗产河曲民歌代表性传承人，2008年受奥组委邀请参加北京奥运会开幕式，向世界展示河曲民歌。

邬新田，2011年11月，被评为省级第三批非物质文化遗产河曲二人台代表性传承人，多年从事二人台的表演和导演工作。

菅保憨，2011年11月，被评为省级第三批非物质文化遗产河曲二人台代表性传承人，代表著作《二人台剧作选》《二人台音乐概述》《河曲情歌精选》等。

张林彦，2011年11月，被评为省级非物质文化遗产河曲二人台代表性传承人，上世纪五十年代曾到中南海演出传统二人台《珍珠倒卷帘》，受到口央领导接见。

任俊文，2012年2月，被评为忻州市级首批非物质文化遗产河曲民歌代表性传承人，创作的《我爱你河曲》《黄河风》《黄河恋》《黄河湾》等民歌获国家级金奖。

侯巧梅，2012年2月，被评为忻州市级首批非物质文化遗产河曲民歌代表性传承人，先后演唱过河曲民歌《大红公鸡毛腿腿》《难活不过人想人》《菜园小曲》等二十多首曲目。

刘玉贵，2012年2月，被评为忻州市级首批非物质文化遗产河曲二人台代表性传承人，上世纪八十年代起一直担任二人台传统剧目《方四姐》《走西口》《闹元宵》《打樱桃》等曲目的主要演奏员。

李继明，2012年2月，被评为忻州市级首批非物质文化遗产河曲二人台代表性传承人，代表剧目《挂红灯》《方四姐》《墙头记》《挑女婿》等。

刘喜才，2012年2月，被评为忻州市首批非物质文化遗产河曲河灯会代表性传承人，在河灯制作上传承技艺，推出新灯。出版书籍《河曲民俗》《文笔图志》《河曲文史资料》。

……

尾 声

"凡音之起，由人心生也。人心之动，物使之然也。感于物而动，故形于声……"这是中国最早一部具有完整体系的音乐理论著作《乐记》中的论述。它成书于西汉，总结的是先秦时期儒家的音乐美学思想。由此可见，早在两千多年前，人们就已对"凡音之起"的生成缘由讲得深刻入理、明明白白，不愧为人类世界音乐思想史上闪烁着智慧光芒的典籍。河曲民歌以及在此基础上发展起来的二人台就是最好的例证，它以鲜活的姿态诠释了先人古训的深邃智慧和穿越时空的恒定真谛。可以说，它是体现中华民族音乐美学思想的"活样板"！

民歌是民族历史与文明最重要的记忆符号之一，纵观浩浩人类发展进程莫不是以"歌"为载体传咏下来的。它是超越文字、绘画、雕刻等艺术形式而存在的最基本、最直接的民族心灵的文化表达，是社会现实生活的产物同时又是其客观反映。在河曲听一首首不同时期的山曲儿、二人台，你都会从中不断验证一个规律及原理，即艺术源于生活！那些"热调"(表现红火热闹的曲调)、"凉调"(表现悲哀、思恋、痛苦的曲调)的吟唱放歌以不同的旋律、内容、情绪等等，客观忠实地直接反映了一定历史条件下的现实生活，同时也真实生动地表现出了群众对时代的普遍感受和关注，以及立场、观点、主张、思想、愿望等等。说到这里，我们必须关注民歌所具有的另一个功能，即民歌与社会、政治的密切关系。别小看了这"声音之道"，它是社情冷暖的晴雨表，是人心所向的试金石！关于这一点，中华民族的古圣先贤们早已有谆谆告诫，只是后人们仅将其视为象牙塔式的小众学术而淡忘了它实际的大众警示作用。不妨让我们再来温习一下两千多年前的那部《乐记》里的话吧——

　　……凡音者，生人心者也，情动于中，故形于声；声成文，谓之音。是故治世之音安，以乐其政和；乱世之音怨，以怒其政乖；亡国之音哀，以思其民困。声音之道，与政通矣！

想必摘录的这些只言片语足以振聋发聩。

2015年3月7日晚19：00

于北京万寿庄

附录:二人台《走西口》

走西口

（五云堂玩意班戏文）

传家:李有润　　誊抄:邬圣祥　　版本:光绪十一年七月十五日

丑唱: 咸丰正五年,
异事出个鲜,
讲异事出在,
山西府太原。

旦唱: 府太原地面宽,
有一个孙朋安,
所生一个女,
名叫孙玉莲。

丑唱: 玉莲十六岁整,
无有个配婚的人。
回到绣房中,
得了个相思病。

旦唱: 玉莲得了病,
二老爹娘请先生。
请来个先生,
名叫太春春。

丑唱: 太春进了门,
二老爹娘把话问,
你能治好我女病,
奉送先生十两银。

太春开言道，
孙姑娘你细听，
管保你半月十天，
病好离床中。

旦唱：姑娘闻言道，
　　　太春哥细听，
　　　瞒哄我二老爹娘，
　　　咱二人结成一门亲。

丑唱：太春开言道，
　　　孙姑娘你细听，
　　　恐怕你二老爹娘，
　　　他们不会依承。

旦唱：孙姑娘开言道，
　　　太春哥你细听，
　　　我爹娘不依承，
　　　有我一面顶。

丑唱：咱二人成了亲，
　　　难过穷光景。
　　　我有心走西口，
　　　问你依承不依承。

旦唱：正月你娶过奴，
　　　二月你就走西口。
　　　早知道你走西口，
　　　哪如你不娶奴。

丑唱：家无生活计，
　　　吃断米粮净。
　　　手中无分文，
　　　不走西口怎能行？

旦唱： 哥哥你走西口，

小妹子也难留。

怀抱上梳头匣匣，

我给哥哥梳一梳头。

丑白： 快不用梳啦！

旦白： 梳一梳吧，出门像个有老婆的人。

旦唱： 大梳子龙蟠凤，

小梳子水卧云，

梳了个松山帽儿，

再梳一个乱刮风。

我给哥哥梳住头，

我送哥哥走。

手拉上小手手，

送在哥哥大门口。

丑唱： 送在哥哥大门口，

一把丢脱妹子的手。

你回到家里头，

慢慢解忧愁。

旦唱： 丢脱妹子的手，

哥哥你慢慢点走。

有两句知心话话，

你牢牢记心头。

走路你走大路，

可不要走小路，

大路上人儿多，

好给哥哥解忧愁。

丑唱： 走路我走大路，

绝不走小路。

大路上人儿多，
拉话解忧愁。

旦唱：歇歇你平地歇，
你不要靠崖头，
恐怕那崖头倒，
压在你崖里头。

丑唱：歇歇我平地歇，
我绝不靠崖头，
看见那大崖头，
我绕得远远走。

旦唱：过河水长流，
你要走人后，
不知水深浅，
让人家前头走。

丑白：你放心哇，水深哥哥坐船呀。

旦唱：坐船你坐船心，
你不要坐船头。
恐害怕风摆浪，
摆在你大浪头。

丑白：摆在河里头，哥哥会几把好水哩。

旦白：你会甚好水哩？

丑白：第一把海底捞鱼，第二把河里抓鱼，
第三把油瓶瓶水喝上两口，就再也见不到你了。

旦白：快不用灰说了，怕死人了。

旦唱：住店你要早住，
起身你明着走。
在路头路脑上，
小心贼人偷。

丑唱：妹子说的话，
　　　哥哥我全记下。
　　　走在中途路，
　　　一心穷蹦跶。

旦唱：吃饭要吃熟，
　　　生饭不美口。
　　　你吃下肚疼脑热，
　　　该叫人家谁侍候。

丑唱：在家靠爹娘，
　　　出门靠墙墙。
　　　住店睡当炕，
　　　衣服头枕上。

旦唱：一不要抽洋烟，
　　　二不要贪耍钱，
　　　学下那劣毛病，
　　　恐怕你受可怜。

丑唱：妹子你放心吧，
　　　耍钱抽洋烟我都不爱。

旦唱：哥哥走西口，
　　　你不要为朋友。
　　　你为下那野溜溜，
　　　恐怕忘了奴。
　　　有钱是朋友，
　　　无钱两眼瞅。
　　　总不如小妹妹，
　　　年长又日久。

丑唱：妹妹安顿的话，
　　　哥哥都记下。

出去打回信，
免得你牵挂。

旦唱：哥哥离家门，
走远看不清。
上房瞭一瞭，
再瞭心上人。

丑唱：走出二里半，
扭回头来看。
我看见小妹妹，
还在房上站。
一溜簸箕湾，
下了大河畔。
西门口上大船，
丢下我命肉蛋。
一过台子墕，
瞭不见河曲县。
盘算起小妹妹，
实实真可怜。

丑唱：头一天住古城，
第二天住纳林，
第三天翻坝梁，
相思病害在喜家坪。
第四天住乌拉素，
拾了一块破白布。
进了店房门，
补一补烂皮裤。
上了马场壕，
遇了个饿狼嚎，

一黑夜没睡着，
第二天赶紧跑。
走过了沙蒿塔，
捡了块烂瓜钵，
拿起来啃一口，
打凉又解渴。
上了新民堡，
看见红市布，
扯了二尺五，
缝了个讨吃兜，
到了西包头。
碰见我二姑舅，
你给我那巧手手，
捎上两片哈达绸。
上了珊瑚湾，
碰见个鞑老板，
说了两句蒙古话，
吃了两颗酸涝蛋。
住了长牙店，
住店没房钱，
叫一声长牙哥，
可怜呀可怜。
刮出后大套，
受苦穷刨闹。
思想起心上人，
扭头往回跑。

话说西口文化

——作者与编者的对话

走西口是一种非常独特的区域性的生活方式，在此基础上形成的"西口文化"是中华文化多元化的典型缩影，是活着的中华文化的代表。西口文化具有生态上的活化性、发展性，语言上的符号性、糅合性；价值观上的一致性、和谐性；关系上的共生性、创造性。作为西口文化的核心，西口精神主要表现在闯、宽、厚三个层面。

走西口是一部活着的中华民族交融史。

走西口是一部活着的中华文化演进史。

走西口是一部活着的和谐共荣发展史。

编者： 读过这部书稿后，我作为编辑总想着进一步了解一下有关"西口文化"的问题。因为，您在文稿里虽然说的是河曲民歌及其与之关联的人和事，可处处都离不开走西口的生活，即便是写到待在家里的女人也瓜葛着跑"口外"的男人，所以今天我就把这个问题提出来，算是对这部作品及作者思想的延展与引申吧，这也是作为编辑该尽的本分，想必读者也有这样的兴趣和愿望。

记得，2009年初，电视屏幕上兴起了"西口热"，央视播出了电视剧《走西口》，而此前您曾担任过常务台长的黄河电视台的电视文化纪录片《西口在望》以及一系列广播电视宣传活动，可以说是这股西口文化潮的引子或发端。我知道，您是这部纪录片的总策划、总撰稿；我还知道，这一切都源于您距今整整三十年的那份特殊的西口情结。那是1985

年，您当时还是山西人民广播电台的记者时，就和另外一位记者马小林沿着当年走西口先民的足迹，徒步82天，从山西走到包头，实实在在体验了一次走西口，并且在当时出版的《西口大逃荒》中首次独创性地提出了"西口文化"的概念，应该说，您是西口文化的倡导者和研究者，请谈谈当年你们是怎样产生走西口的动议的？

张敬民：走西口曾经主要是山西、陕西等区域内一种非常独特的生活方式，作为生活在这片土地上的我们，应该清楚走西口的历史，以及它产生的影响。这是我们当年要重走西口路的最直接和朴素的想法。从山西到"口外"，大体归结起来主要有两个方向的路线，一条经由杀虎口到内蒙古，一条从晋西北的河曲、保德到陕西府谷县的古城镇，再到内蒙古。1985年的那次采访，我们在选择走西口路线的时候，也查阅了大量的资料，发现实际有多条道路都可以通向当时所谓的"西口"，但它们都可归结为两条大方向路线的分支。最终，我们之所以选择经河曲渡黄河再穿过府谷的古城镇进入到内蒙古的准格尔旗、达拉特旗，一直到包头，是因为这一条道是当年山西穷苦的走西口人最常走的一条。在河曲民歌当中，有一首还特别记述了当年走西口人整个行走的过程——"第一天住古城，路走七十里整，虽然路不远，跨了三个省；第二天去纳林，碰见个蒙古人，说了两句蒙古话，甚也没听懂；第三天翻坝梁……"这条道路是过去走西口人，用自己的心血，用自己的双脚，用自己的性命蹚出来的神奇的、具有历史厚重意味的一条路，所以我们选择了这条比较艰苦的线路。

编者：那为什么用徒步的方式来完成这次采访呢？

张敬民：一个是客观上这本身就是过去的穷苦人用脚去蹚出来的一条路，到现在它还是处于当年那样的原始状态；再一个，过去人们是在"走"西口，不是"跑"西口，也不是"坐"西口，尔要想真正体验走西口人的那种心态，体验他们所经历的那种艰辛，从而更深刻地了解这段历史，我们认为只有身体力行，用自己的双脚去走，一步一步地把它丈量出来。通过徒步这种方式，真正深入到村村寨寨，吃住在普通老百姓家里，同他们一起滚在生活中，尽量创造更多的时机与碰见的每户人家及每个人，哪怕与是孩子接触、交谈，从中了解真实情况，掌握充分确切的第一手资料。做新闻工作的，掌握大量真实的第一手资料非常重要，最忌人云亦云，它是作为根基的最基本的东西，这是做事的根儿，根儿错了后续的一切也就都错了。因此，记者应当有一双"踏破铁鞋"的脚，一个清醒而善于思考的头脑，一对敏锐、穿透力强的"X"光眼睛，一支勤奋且忠实的笔，凡事都要深入到实际生活中去寻找答案。所以我们选择了走，而且必定要用双脚去一步步地走，只有走，你才能把事实的本相和真实的感受忠实地告给读者，告给大家。

编者：据了解，当时你们在行走的过程中，遇到了很多难以想象的困难，没有向导、风吹日晒、饥渴交加、野狗挡道等等，当时踏上那条路以后，是什么信念吸引并支撑你们义无反顾一直走下去的？

张敬民：人总是要有一个目标有一个追求，从更大的意义上来说，要有一种精神。其实，当你第一脚踏上这条路的时候，你已经不能再回头了，也就是不管怎么说，我们必须要走到我们所期望的目标及设定的终点，那就是包头——走西口人在"口外"的重要核心集散地。记得当时踏上征程时，我们还仿照河曲民歌特有的比兴手法，填写了一首顺口溜，以表达我们两个年轻记者的心情与决心——"提起咱们走西口，止不住心里乐悠悠。石榴榴开花榴榴树，谁留咱们也留不住。十月里沙蓬无根根草，走'口外'总比在屋里好。秋风糜子寒露谷，咱心甘情愿去受苦。青石板上栽葱扎不下根，脚不沾泥土立不起身。苗子白卷心心十八层，尝不尽酸甜苦辣咋做人。大豆开花花点点白，走不到包头咱不回来。"

当时在路途中以及回来直至今天，仍有很多人都问同一个问题：为什么你们会一直走下去？说起来很简单，它之所以能吸引或者说支撑我们走下去，我想还是被当年走西口人的那样一种不屈不挠的精神所激励。他们究竟是用一种什么样的理想和追求来支撑自己？他们为什么会抛家舍业的义无反顾离开自己的故乡，艰辛跋涉到他乡去谋生？作为一个记者来说，就是要去做这样的发掘，发掘人们想知而未知的东西，发掘被我们尘封已久的历史，这都是我们做记者的责任。因此，我们才可能有一种信念一直到达我们预期的终点。当年，我们徒步走了八十二天，行程一千多公里。这不是一件简单的事情，你要一步一步把它量出来，一天一天熬过去，没有一种信念，特别是没有一种职业精神，那是无论如何达不到的。最终，我们通过努力完成了最初设定的全部徒步走西口的采访计划，而此行程也确确实实给予了我们丰厚的回报，行有所值。这样一段路程一次采访，对于我们一生都是非常值得纪念、值得铭记的一段珍贵的历史，一段珍贵的经历。

编者： 徒步走西口的过程，一方面是了解走西口历史的过程，另一方面其实也是你们在观照历史、感受现实，从而完善自己的过程。那么，你们当时究竟体会到了什么？

张敬民： 体会到了做一件事情真是不容易，也体会到了当年走西口这种生活它确确实实不容易。它不光是一个走的问题，也不是一个简单地到那里去谋生的问题，它实际上反映的是一个家庭或者说一个群体一个社会所处的一种状态，这种状态实际上也是我们中国在那个时期的一个缩影。在整个社会发展过程当中，打破固有界限的交流和交融是必需的。走西口的年代，地域和地域之间相对闭塞，也缺乏交流沟通，人们为了自己的生计，为了寻求改变，必须要打破区域界线，走出去。也正因为采取了走出去这样一种生活方式，使得民族之间进行了沟通，加强了交流，实际上在某种程度上促进了社会的各个方面向前发展。这是一个潜移默化的过程，当时间走到今天，你再回头去看这段历史，你会发现这些西口先民的贡献不单单是创造出一种独特的谋生方式，实际上他们形成了推进社会向前发展的一股力量，这就是它的价值。

编者： 从1985年走西口到现在，三十年过去了，您一直没有中断过对走西口历史现象的研究，特别是从文化层面对走西口的研究后来竟成了你的一种情结，也使你成了当之无愧的西口文化的倡导者和推动者，请您谈谈对走西口这一独特历史文化现象的理解。

张敬民：首先必须对走西口有一个比较客观清醒的认识。过去一说走西口，大概更多的人认为这是一种逃荒的生活方式，但是当年亲身去走了之后，又经过这么多年的研究，我认为它并不完全仅仅是一种逃荒的生活。当然劳苦大众为生活所迫到"口外"去谋生，这是肯定的；甚至应该肯定地说，由于"口里"土地贫瘠、灾害频发等缘由，是形成人们春出秋回"走西口"的最初始和直接动因，他们的目的就是逃荒谋生。河曲民歌对此就有真实写照："河曲保德州，十年九不收。男人跑口外，女人挖苦菜。"这种"逃荒"生活形成的历史由来已久，从有记载的文字上看，其实从元代开始山西就有这种"西走度荒"的历史了，其记述的就是到"口外"的蒙地去谋生。然而，走西口这样一种生活方式，一段历史悠长的历程，它造就的绝对不仅仅是逃荒人这样一个群体，它其实是由最初始的"西走度荒"的人们积年累世的代代相承，从而逐渐汇聚成的多个层面的人流组成的一支走西口的大军。特别是1698年，由于朝廷的开边政策，"走西口"的人浩浩荡荡，清同治十年（1871）版《河曲县志》有这样记述："自康熙三十六年（1697），圣祖仁皇帝特允鄂尔多斯之请，以故河保营（注：今河曲县城）得与蒙古交易，又准河民垦蒙古地，岁与租籽，盖自人烟稠密，商贾辐辏，于斯为盛也。"在这支流动的人潮中，有揽长打短逃荒的、有开垦土地的、有种植庄稼的、有穿行大漠贩运的、有耍把式卖艺的、有拉胡弹琴唱戏的，还有工匠手艺人、开门市店铺及钱庄票号的生意人等等，可谓是各色人等应有尽有。生意人，最典型的要说是大家都知道的晋商。晋商实际上跟走西口的渊源是隔不断的，我认为晋商恰好是山西走西口人的一个典型的代表。要认识走西口，就要全面地去看待它。走西口曾经是山西、陕西等区域的人的一种非常独特的生活方式，它形成了一种独特的文化，而且这种文化不是简单的一个层面一种人能形成的，而是社会现象，是多个民族多个层面的人群共同创造的，最后汇集起来形成的一种独特文化现象。

记得，"西口文化"这个学术概念是在徒步走西口采访结束后返回的途中提出的，我们坐在呼和浩特开往太原的绿皮火车上畅谈收获，最终的思考归结在了这个问题上，于是经过一路商讨、推敲，形成了"西口文化"这样四个字的概括语。当时有意思的是我们还把这一天确定为命名日，并在日后出版的《西口大逃荒——记者徒步"走西口"纪实》一书中记述了下来，文中这样写着："好吧，现在正式宣布，'西口文化'的命名日期就是今天——公元一九八五年十一月八日！"不过，这个概念在当时因是第一次提出并创立，究竟抛出去会有怎样的反响不得而知，况且那时不论是政府还是社会对这样一个课题还没有足够的重视和关注，但我们坚信，随着时间的推移和人们认识的不断加深，"西口文化"这个学术概念一定会被广泛认同。我们当时就"狂妄"地撂下一句话："二十年后咱再看！"事实上也是如此，现在无论是政府、社会及学术界都认同了"西口文化"这一概念，而且还以此立题开展发掘与研究，还有许多以此命名的书籍、报刊等，如包头就出版有《西口文化》杂志。西口文化是颇为值得研究的大课题，我认为走西口的文化价值，就在于它是中国文化的典型的缩影。为什么这样说呢？因为中国是一个多民族的国家，中华文化又是多民族汇聚的一种文化，它既有以中原为生发点的汉文化，又有很多地域及其他方面的文化，包括蒙古高原的草原文化等等，中华文化就是多元文化的集大成，是多种文化优秀基因的汇集。走西口为什么是中华文化的交融、演进的典型代表呢？因为它具有"解剖"的示范价值，从存在的事实上看，它主要是汉（族）人和蒙（族）人的两种文化的碰撞、两种文化的交融，也就是整个农耕文明、黄河文明与草原文明之间在血脉上的和亲相接，关键是这种脉络上的连接效应及有繁育、衍生、发展的变化在现今西口沿线地区仍有鲜活的反映。西口文化对于当今社会来说具有不可替代的典型的意义，从中华文化的交融概念来说，所谓西口文化就是现在仍然活着的一种文化现象，活着是它的特性。许多的文化形成以后，它的历史发展过去以后，它就已经定型了。比如说北魏，鲜卑族当时进入平城大同，最后又到了洛阳，它也书写了一部波澜壮阔的文化交融史，由此也形成了一种非常独特的先进乃至时尚的文化，并以鲜活的因子奔流注入了浩浩中华文化中，使其焕发了新的生命的活力。可以说，如果没有这段经历上百年的文化基因的大交流大融汇，便不会有后来的至今中国仍引以为自豪的大唐盛世。那么，当这种文化演进发展并融汇共通之后，便成了我们中华文化血脉当中源远流长的一种历史文化的"定型"。西口文化距今天有几百年的历史，已经储蓄了丰厚的文化矿藏，但更有意义的是它仍然还在交融，还在发展，是当下依然活着的并且还在不断演进的一种文化。所以我们要研究中华文化的多元交融的发展特性，不妨好好研究一下西口文化，它是真正在现在的当下，能让你可触、可感、可闻、可学的活着的文化。你去看看，置身那里一看就什么都清楚了。中国的多元文化就是这样交融发展起来的，所以我说它的价值是非常大的。这就是我理解的西口文化。

西口文化的确是个值得研究、探讨的课题。如果再站得高一点，从人类社会学的角度来看，这种"走西口"历史的发展结果，实际上形成了一种特有的文化。这种文化不是单指那些文学呀、艺术呀之类的狭义概念，而是像"大口文化""丁村文化"那样的广义文化。因为，在这个"走西口"形成的特殊地域内，蒙汉两族经过几百年的交往、生活、融合，已经创造了他们独特的"小气候"，这就是共同的生活方式，共同的生产方式，共同的文化环境，等等。"文化"是什么？文化其实是一种历史现象，是人类在社会历史实践过程中所创造的物质财富和精神财富的总和。说到文化，就得研究人们的生产和生活方式。内蒙古的伊克昭盟、五原、后套，也可以说是整个河套地区吧，老早以前是个水草肥美、牛羊成群的大草原，这里的蒙古族人过着"逐水草而居"的游牧生活。随着时间的推移，山西、陕西等地跑"口外"的人越来越多，甚至有相当数量的汉人在一这一带定居下来。像我当时了解到的，河曲县有人口十二万人左右，而"走西口"到内蒙古定居下来的河曲人就有二十多万。仅这点就足以说明当时逃荒规模之大。大批汉人的涌入，带来了各自家乡的生活习俗和先进的耕植技术，大大促进了这里的农业经济发展，从而逐渐影响和改变了这一地区蒙古人的生产和生活方式。因为，原来的草原被逐年开垦、蚕食，变成了农田，牧民无法放牧。其实用现在的眼光来看，汉人虽然促进了这里的农业、经济等方面的发展，同时也破坏了这里的生态平衡。比如，水土流失严重，大面积的土地沙化，等等。不过，当时汉人也是不得已而为之，为了生存嘛。其实，这也是人类创造一种文化的最初原因。要说这一带蒙古族人游牧生活的改变，历史也不算短了。据记载，明朝正统年间，一些游牧民就开始在丰州滩一带，也就是今天的呼和浩特周围定居下来。特别是到了清朝初年，当朝皇帝下令开边，汉人浩浩荡荡涌入，使更多的蒙古族牧民不得已定居下来，其劳动方式也随之发生了变化。他们也不再过那种"逐水草而居"的游牧生活，而是像汉人一样固守一地，以耕种土地为业。这样，在这片大草原上便渐渐出现了村落、集镇和城市。生产方式的改变必然会影响到生活方式的变化。

编者：看来，走西口不仅仅是一种具有地域特点的生活方式，其实它是活生生的中华文化的具体体现。那么，除了您刚才讲到的活着的、发展的这样的特点外，西口文化还有哪些特征呢？

张敬民：西口文化在发展当中，它语言上的符号性都非常明显。这就是它的符号性。每个历史都有与其相适应的文化，并且随着社会物质生活的发展而发展。在"走西口"形成的蒙汉族杂居的这个特殊的地区，能建立起共同的生活和生产方式，语言自然是个不可忽视的重要因素。如果没有一个共同的语言环境，彼此间的交流就会受到限制，也就无法促进生活和生产建设的发展。为了彼此间的生存，现实环境迫使他们必须寻找和建立一种统一的共同的语言体系。因此，蒙汉两族经过长期的交往融合，一种特殊的地方语言诞生了。这就是以晋西北口音为基本语音的汉话，也就是语言研究者所指的"内蒙古话"。"内蒙古话"其实是蒙汉族杂居地区形成的一种特殊的方言，其中一大特色就是重叠语特别多，像"红果果""玉茭茭""碎纷纷""嘴唇唇""毛蛋蛋""花眼眼""白脸脸""一对对""一串串"等等。那么为什么会形成这种重叠语呢？这使我想起生活中常见到的一种现象，父母在同咿呀学语的小孩儿说话时，总习惯用重叠语，像"喝奶奶""吃饭饭""洗手手""洗澡澡""上街街""回家家"等。这是因为初学说话的孩子理解能力与会话能力都很差，父母要把意思传递清楚就必须用重叠语反复强调。而"走西口"人最初到内蒙古逃荒时，在与蒙古族人民进行语言交流中正处在这种阶段。为了生计，汉人必须连比带画，反复使用重叠语强调说明，以使对方理解自己的意思。时间长了，蒙古人学会了汉话，同时也继承了这种口语习惯。而汉人要想在这块土地上生活，也就必须遵循和适应这种特殊的语言环境。因此，重叠语就成了这一地区具有鲜明特色的习惯性口语。这个地区的语言中还有一个特点，就是方言土语特别多，外来人很难听懂。比如，"口里""口外"，如果不清楚它特定的含义，非弄出大笑话不可。再比如"孤哨"，其实就是孤独寂寞的意思。

语言的另一个特点就是糅合性。在内蒙古有很多的话，它是蒙语和汉语糅合在一起来用的。它为什么糅合在一起来用？因为要交流它就必须要有语言的最大的表现力，使我想说的想表达的东西能更加准确地传递给我的受众人群，受众群有汉人有蒙古人，所以它就出现了很多糅合的情况。打招呼时人们会冷不丁地冒出汉蒙糅合的语言，唱歌的时候也会把它们加进去混杂使用，这样相糅相合之后就形成了汉语和蒙语真正的融合。这种现象在别的地方极少出现，它是很特殊的。在糅合的基础上，内蒙古话中还形成一些新的词汇，我们在别的地方也找不到。比如说"被子"，我一跟你说你就会很清楚，是我们睡觉用的被子，但是和蒙古人去说，在刚开始交往的时候，他们就不知道"被子"是干什么用的，那么汉人怎么跟他说呢？"这个东西是盖在身体上睡觉用的"，人们会这样来解释，慢慢地大家就清楚了。所以现在内蒙古有一个独特的词汇，叫"盖体"。现在你到了包头你一样可以说盖体，人们都懂它的意思。还有，像把饺子叫"扁食"、将父亲唤"大大"，这种语言的融会也都是这一地区蒙汉两族人群长期交流才贯通了的结果。你看这种词汇的发展，是不是这种文化当中具体的一种体现呢？

作为西口文化创新性最典型的就是民歌，在这方面糅合性表现得更为突出，像河曲一带的"山曲儿"、陕北的"信天游"、内蒙古的"漫瀚调"就有着密切的血缘关系。它们虽然名称不同，但彼此所产生的原因以及曲调、内容相同或者相似。其实，说穿了就是一种艺术的三个流派，它们你中有我，我中有你，是依据社会发展的需要而共同发展的。像河曲"山曲儿"里的唱词有的就用进了蒙语。比如："齐咕隆咚赛贝诺，哥哥的小妹妹呀。"咱们就听不懂"赛贝诺"是什么意思，而河曲、保德、府谷、神木等一带的人不需解释就晓得是"你好"的意思。再比如，蒙汉的混合语"吗咄"，咱们也不懂，可生活在"走西口"形成的特殊地域里的人都清楚是说"咱们"。特别是"二人台"和"漫瀚调"，这都是经过蒙汉交融之后发展起来的艺术形式。在这样一个特殊的区域当中，它们是特别为老百姓所喜闻乐见的，是任何别的艺术形式都无法替代的，甚至于在极盛时期还惊动了当朝皇帝并引得"龙颜大怒"。据《大清会典事例》记载，嘉庆二十年也就是1815年，仁宗皇帝上谕："近年蒙古渐染汉民恶习，竟有建造房屋，演小戏听小曲之事，此以失其旧俗，兹又留邪教，尤属非事。"于是，下令禁绝。然而，这一深受晋、陕、蒙黄河交界地区蒙汉民众喜爱的"一蒂三花"的艺术，非但没有在"圣令"之下禁绝，反而更加地活跃昌盛起来，并且随着蒙汉音乐、民歌包括语言等元素的不断深化融合愈发深入人心，以"演小戏听小曲"为业谋生的艺人唱班越来越多起来。

流行于内蒙古的"漫瀚调"，现在也叫"蒙汉调"，实际上是走西口的山西河曲人把家乡的山曲儿带到了内蒙古以后，和当地的小调结合之后形成的一种独特的艺术表现形式。有一首"漫瀚调"就这样唱道："漫瀚调调蒙汉人编，嘴对嘴唱了多少年。漫瀚调调蒙汉人唱，祖宗的传教咱不忘。漫瀚调调脆铮铮音，蒙汉本是亲上亲。漫瀚调调是那抱头头树，它把蒙汉弟兄的心拴住。""漫瀚调"的演唱极具特色，它既带有蒙古族人的粗犷豪放，又带有汉族人的委婉细腻。

我们现在到包头去看，唱"漫瀚调"和"二人台"的剧团多极了，人们喜闻乐见，百听不厌。为什么？因为它是这块儿地域当中土生土长的，也是经过民族交融所成长起来的独特的艺术表现形式。"二人台"艺术的产生及发展，是这一特殊地区蒙汉文化融合的结晶。因为，"二人台"是在广泛汲取、借鉴两族语言、民歌、舞蹈等精华的基础上，并经过长期融合、演变，最终由蒙汉两族人民共同创造出来的一种独特的、具有鲜明地方色彩的艺术。总之，不论民歌、二人台，或者是其他什么艺术，都是这一特殊地域生活、生产、经济、政治发展的必然产物，也是其历史、社会在意识形态领域的直接反映。当然，这种意识形态的文化，也对这一特殊地区的政治、经济等方面的发展产生了重大影响和推动力。

西口文化还有一个特征，就是价值观的一致性和在此基础上形成的和谐性。也就是说，它构建出来一种真正的价值取向，建立起一种共同的理念。我觉得信仰是意识的最高形式，达到了一个和谐的最高境界，也就是信仰的认同。所以，在过去的走西口人当中，我认为他们事实上达到了这样一个非常高级的层面，他们不但把他们的生活方式和生产方式进行融汇交融，同时他们也把自己不同的信仰也带到了这样一个区域当中。因此在现在的包头，你可以看到这样景象，这就是佛教、道教、儒教、伊斯兰教、基督教、天主教等等，在东河区这个区域不大的地方都能和谐共存，不出几十米或上百米就是一处教义不同的殿堂，放眼望去或高或低、形制各异、材质不同的中西风格差异的建筑在一片蓝天下竞相辉映。这是非常奇特的一种现象，也许只有在包头的东河区才能看得到一幅多种宗教同聚一处和谐共生的景象。这种景象具体而生动地体现了中华民族"和"文化的思想精髓，即"和而不同"。其实，你仔细想想，"和"原本就有聚合之意，也就是求同存异，理解包容，从而把多种不同的东西团拢、吸附在一起，形成一个强大的具有极度向心力的有核共生聚合体。其向心力的那个"核"，就是优秀的中华传统文化。这是从广义上说的"和"，也可以说是大"和"的概念。这也从另一个角度说明，在走西口的浩浩大军之中，人的信仰的多样性及其人群层面的广泛性。

走西口的人都是带着信仰踏上这条谋生路的，而且无论置身在哪里，都昭示了信仰作为"精神家园"的力量。他们从各自家乡怀揣着不同的信仰来到这儿，于是便需要筑建起安放图腾神像和寄放心灵慰藉的地方，以使自己时时处处得到神明的呵护与保佑。有的干脆把家乡的神殿建筑依样仿照着搬了过来，在东河区就有很多的庙宇与建造它的主人的家乡的庙宇实际上是一模一样的。你比如说山西河曲的海潮庵，坐落其旧县镇的是"上院"，而它的"下院"则一模一样地就被本县跑"口外"的人建在了包头。这种将宗教建筑移植到"口外"的做法，实际上是把不同地域来者的精神信仰与"口外"的人的信仰相互融合在一起，久而久之就形成了他们在意识形态的精神领域中共同的信仰。在这儿，这个"和"是具象的、狭义的，是就某种具体的宗教信仰的认同而聚合在一起，它的"羽化"从思想观念上打通了不同族群的精神领地，从而升华至了灵魂的贯通。当信仰达到认同与统一的时候，那就使人们思想与灵魂提升到了和谐的最高境界。

在那个时候，有很多走西口的人要到大后套去开辟市场经商，但他们不懂得蒙语及很多风俗规矩，交流出现严重障碍，怎么办呢？这时有许多宗教场所就发挥了独特作用，比如说在庙里，蒙古族人针对走西口的汉人开设了专门教授蒙语、礼仪礼节，甚至包括生活、生存技能的培训学校。为什么会这样？因为文化观念的相融相通，最后升至信仰的认同，使不同民族的他们彼此成为兄弟，成为精神追求趋同的血脉相连的兄弟，由此这样的民族融合就达到了一个境界的高度。我们中华民族为什么是兄弟姐妹，为什么是水乳交融、血脉相连的关系，这可不是虚言妄言，是天造地设的历史必然，是有根脉可寻的。

西口文化的第三个特征是它关系上的共生性和创造性。共生现象是什么呢？就是不同的事物或者民族的人，为着一个共同的生存目的所构建起的一种互为依存、谁也离不开谁的关系。那么，西口文化在这方面的表现也具有"共生性"。比如，刚才说过的在这一地域中语言上的糅合现象，你不能分清哪一部分是谁的，它们互为条件互为前提互为依托，是共同创造、共同享有的财富。所以，我把西口文化中的这种特殊而鲜明的表现称为文化当中的一种"共生现象"。它是不同民族的人们在长期的共同生活中创造出的共同文化。从而，就体现了"西口文化"具有的创造性，即创造出一种新的源于生活而又引领指导生活的共和、共生文化。其实，这也是我们中华民族在历史长河中演进、发展的多民族融汇出的多元文化的一个特点。

河曲民歌和盛行于晋、陕、蒙的"二人台"是传播西口文化的最好载体。河曲民歌属于集体创作，它的语言千锤百炼，极富张力；内容直抒胸臆，音与政通。"二人台"是汉族和蒙族不同的文化碰撞汇集在一起，共同创造而来的一种艺术结晶，它生存的苦难年代和它诙谐幽默的表演风格的反差，正是由我们中华民族坚忍的意志和以苦为乐的这样一种豁达的性格和品质所决定的。

编者：您刚才谈到西口文化的三个特征，非常形象。那么，您认为西口文化中最典型的形态是什么，河曲民歌和"二人台"能否称作是西口文化的典型代表呢？

张敬民：语言的统一是个了不起的工程。它对以后朝着更高层次的意识形态的文化发展起到了奠基石的作用。权威论断指出，"作为意识形态的文化，是一定社会的政治和经济的反映，又给予巨大影响和作用于一定社会的政治和经济"。作为"走西口"来说，民歌的产生就是其当时政治、经济的反映。歌曲还可以从另一个角度来认识，它是语言的音乐化，也是语言的延伸和发展。这也是社会的政治、经济发展到一定阶段的需要。河曲民歌可以看作是西口文化具体的体现，它是文化的一个载体，但它不是西口文化的全部。我是说这种表现方式作为一个载体，有利于传播西口文化。很多人追根溯源，研究河曲民歌到底是不是从走西口产生的，民歌究竟是怎么产生的。据我所知，河曲的民歌也就是山曲儿，有人说最早年代可追溯到北宋时期，而确切的文字记载在明代就有，并且表明山曲儿这种民间娱乐形式在当时已蔚然成风。

要研究中国的民歌就要到河曲去，要看看听听河曲的民歌是什么样子。上世纪50年代曾经有中央音乐学院的老师和学生专门到河曲去采风，还出版了有关河曲民歌的专著《河曲民间歌曲》，当时的影响非常大。曾经有一个大文学家听过河曲民歌之后非常感慨，他说河曲民歌可以和贝多芬的交响乐媲美，他说我听了河曲民歌之后，我写不出这样的语言，这样的词句，我自愧不如。可以说河曲民歌的魅力以及艺术价值，它的整个语言风格和它的调式，都是通过在生活当中慢慢汇集起来，最后成型。它的每一首民歌，一般你很难找到它的确切作者，它的作者就是所有的劳动人民，是他们集体创作出来的。河曲民歌整个的调式非常丰富、非常优美，它集多民族的音乐元素于一身。因为山西河曲过去属于边塞地区，边塞就会有很多的驻军，所以人们就会因征兵、商贸或是其他什么原因从天南海北集聚在这里，他们把各自家乡的生活方式、生产方式包括他们本地的各种娱乐方式和家乡的民歌、曲牌带到这个地方，比如说大家熟悉的《茉莉花》在河曲流传的民歌中也能听得到，再比如南方的丝竹乐在这里也有继承。这些来自南北东西的歌舞、音律、曲牌、乐器等汇流到这里，最后汇总杂糅，形成具有这个地域风格的又并蓄包容了丰富多样性的独特艺术。所以说，河曲民歌是"西口文化"的典型代表。

河曲民歌在语言运用当中，它是千锤百炼的。它能锤炼到什么程度呢？我们都知道"有没有"的"有"字，有还是没有，就这样简单，好像它的表现力可能就是这些了。但是在河曲民歌中，它把"有"字，简直用到出神入化，使整个张力完全都表现出来了。比如歌中唱到"人家都说咱二人有"，你看这个"有"到底告给人们什么了？似乎什么都告诉你了，但是我又没说出来，你看它这种语言的张力。"人家都说咱二人有，可是咱二人还没有揣过手"，其中蕴含着无限的想象空间，给你展示了丰富的生活画面。这不是一个人的所为，而是那个地区的劳苦大众经过多少年、多少人口口相传，最后糅合出来，找到了最能表达他们共同心理活动的那个高度概括的字——"有"，只有这个字才是最准确的。你看它在语言运用上达到了怎样的水准啊，这就是河曲民歌语言的魅力。

再说一说民歌到底是怎么产生的。我认为民歌也是从我们的劳动生活当中产生的；那么在劳动生活当中，又是什么触发了民歌的产生呢？在对河曲民歌的研究中就会有答案。我们的民歌特别是河曲民歌的产生，实际上就是当人们的自我情绪和思想情感达到了一定的程度以后，而需要抒发的内心表白。这种内心表白却又无法用简单的语言去尽情切意地表述的时候，这才会借助于歌声及音乐来表达像星空一样深邃的心境。所谓"诗咏志，歌咏言"，这样就出现了从人们心灵深处流淌出的更"高级"的语言——民歌。那么民歌的第一个音符是什么呢？我认为就是一个字："唉——"，或喜或悲，更多的是由悲处而来，人悲喜到极致，一言难尽、无以言表的时候，就只能借助吟唱了，其调式自然而然就从心底里发出来了。"唉——"，一声叹息，就是"叫板"，就是第一个音符的起源。我一直说，民歌的产生是从劳动生活当中得来的，是从对劳动生活及其思想情感的深刻感受而来的，它是从内心当中有感而发所爆发出来的一个"源"点。早在西汉时期，我国最早的儒家音乐理论典籍《乐记》当中，就讲得非常清楚，它把音乐和国家的命运联系起来。它说："情动于中故形于声，声成文谓之音。是故治世之音安，以乐其政和；乱世之音怒，以怒其政乖，亡国之音哀，以思其民困。"所以它深刻结论道："声音之道，与政通矣。"由此可见，民歌是反映社会的呼声，反映社会的需求，不能小看民歌所带来的意义和作用，它确确实实反映了一个国家当时是昌盛还是衰落。有人类就有声音，有声音就要表达，关于声音的传播是个大学问，闻声听音可俯察百姓柴米油盐、仰观国家盛衰兴亡。一个国家的命运、时代的兴衰从民歌中都能够反映出来，因此我说河曲的民歌，它确实是我们西口文化最好的一个载体。我们现在需要很好地去研究发掘，清楚地看到它所凸显出的折射历史的作用，把其发扬光大，真正让人们去了解或者是知晓河曲民歌的价值。

再说到二人台，实际上人们也在争论，即二人台到底是"口里"（具体是河曲）人创造的？还是晋西北人创造的？还是由内蒙古人创造的？老有这种争论，这种争论是学术上的事情，将来可能还要不断地争论下去。我的观点就是，它实际上既非汉人也非蒙古人单独所能创造出来的一种艺术形式，它是汉族和蒙古族不同的文化碰撞汇集在一起，共同创造出来的一种艺术结晶，这就是二人台。现在，有一种通行的说法是：二人台产生在河曲，发展在内蒙古。实际上这个"孰是孰非"的命题你可以做学术研究，但是有一点是不用争论的，那就是在二人台几百年的发展过程中，它是汉蒙两个民族共同培育、不断创新完善而形成的民族文化艺术的结晶。当然，就现在二人台整个的发展状况而言，的的确确是兴盛繁荣于内蒙古，尤其是在包头。在内蒙古，二人台的剧团也好，二人台的演出也好，它整个的影响力也好，都远远超过山西，这是不争的现实。

编者：我现在发现一个很有趣的现象，河曲民歌和二人台这两种艺术形式都经历过走西口那段苦难的历史，河曲民歌的基调有的幽怨缠绵，有的悲凉得让人感伤。但是二人台很奇怪，一丑一旦的形式，却有着那种诙谐幽默的风格，这是为什么？

张敬民：你说的这个是它的一种独特的表现方式，因为二人台的角色不是很多的，过去少则几个人就可以拉成班子去演。早先，并没有"二人台"这个名词，民间将这种表演艺术形式称为"打坐腔""打玩意儿"，有的干脆叫"玩意儿班子"，直到二十世纪四十年代末五十年代初才有了"二人台"这个新的称谓。这种流传于民间的演唱形式是依存于当时的生活区域和生活方式的需要而产生的，由于环境所限或者说服务对象及目的对应，决定了它不会有大戏班子。因为它要在走西口这条路上，通过他们这种表演——轻型、快捷、诙谐的表演来赚取他们的生存资本。它也是谋生的一种方式和手段，其受众对象主要是换长打短的走西口的穷苦人，无钱无势、少吃无燃的，只是为了听个乐呵，解心宽解忧愁。可如果是大戏班子就做不来了。

二人台是从山曲儿或是说两句头的民歌发展起来的，从艺术表现形式上，可分为坐唱、民歌对唱、叙事说唱、歌舞表演等；它的内容大多表现的是男女情爱，表演形式较为自由，即兴表演是常态，一人一个样态和风格。它往往是找到人们喜闻乐见的一个故事，然后再用二人台对唱的这种轻松活泼的形式来表现，就像你们刚才说的，它是诙谐幽默的居多。为什么会这样？我想，一是由人们所处的生存状态所决定，本已在劳作中苦苦挣扎，找来"玩意儿班子"的目的就是为了"寻乐子"，借助其缓解释放心情的重负；二是大家都是为了谋生这个大目标而来的，本就是为生而走而行，就必须具有充沛的乐观向上的精神，不需要那些更多苦兮兮的腔调绊住脚、牵回头；三是从表现形式上二人台与民歌有所不同，民歌往往是一个人的"内心独白"，是在夜里或者是孤身独处时诉说自己苦闷心情的咏叹。换句话说，原生民歌鲜明的表现特色就是一个人的浅吟低唱，大都是唱给自己听的，是自我的内心观照和"自说自话"的对白。而二人台则是在公开场合的公众表演，或者说是唱给大众的。因此，它自然是为了迎合、满足受众心理需求的那种形式的表演及表现的内容，以取悦于人为目的。就连人们熟知的二人台《走西口》，在当初也并非是生离死别的"苦情戏"，反而是风趣幽默的"小耍耍戏"，只是后来才加工成今天这个样子的。我认为，二人台这种艺术形式所营造的与那个苦难年代所不同的，即在表演风格上的诙谐幽默的反差，正是我们中华民族坚忍的意志和以苦为乐的这样一种豁达的性格和品质所决定的。

在走西口的年代，汉族和蒙古族在广袤的鄂尔多斯高原的蓝天与大地间交融之后，为了追求现时与未来更好的日子，他们在任何时候都不会放弃、都不会失去追逐美好生活的信念。因此，即使在最艰难困苦的时候，二人台这种汉蒙两族共同培育、浇灌出来的花朵，都要以一种愉悦、乐观的姿态绽放出来，给人以积极、豁达的胸襟去面对生活。而二人台这种艺术的表现形式又恰到好处地把人们的这种憧憬生活的希望，以及人们追求人生光明的愿景的这一面放大了，它使人昂扬向上，鼓舞人去创造幸福的未来。我觉得这个是二人台这门艺术非常可贵的地方，它并没有把苦难的生活作为主要的东西去表现，而是在这个苦的背景当中，把人类奋斗这样一个最光明的点表现了出来，这也是其思想及其艺术表现力之精髓所在。正因如此，它才具有了强烈的艺术生命力，受到了人们的广泛喜爱。1961年夏天，时任中国文联副主席、中国作家协会副主席的著名作家老舍来到呼和浩特，观摩了当地民间歌剧团精彩的二人台《走西口》演出。他当场挥毫赋诗，盛赞二人台这种具有深切感染力的艺术："亲切二人台，民间歌舞来。春风扬锦帕，飞蝶百花开。"

西口文化作为中华文化的组成部分，体现了中华文化的核心精神，这就是一个"和"字。具体来讲，西口精神是两个民族在多年的相处交融当中共同创造的精神财富，是共同构架起来的精神家园，它主要体现在闯、宽、厚三个层面。这种精神和文化，充分彰显了它穿越时空、影响心灵的力量。

编者： 西口文化的内涵的确是非常丰富的，那么，您在这么多年的研究中，认为西口文化最为显著的特征或是精髓是什么呢？另外，任何一种文化的构成当中，都有一种更为重要的精神层面的东西在里面，无论是电视剧《走西口》还是纪录片《西口在望》等都在探讨这种西口精神。那么，您怎样理解"西口精神"？

张敬民： 西口文化是区域文化，但它跟我们历史大脉络当中的中华文化是相通的，是一致的。因为它们文化的核心都是一个"和"字。它体现了民族的一种性格，体现了民族交往的一种态度，体现了对大千世界或者对社会发展的一种向往。中华文化包括西口文化，它不是侵略性的文化，它没有强占性和强迫性。走西口的历史已经告诉我们，它一开始就建立了这种"和"文化的一个非常重要的基础。走出去的人为的是生计、生路、生存，从心底里想着的就是靠自己出力流汗的劳作去换取更美好的生活。而在这样一个愿望支配下，离开家乡走出去的人们就必须与周遭的人及环境等等和睦相处才行，这就是在外生存下去的基点。而从"口里"走出的他们同"口外"的当地人又有着一个非常好的契合点，那就是虽然是不同的民族，但是大家都共同拥有一个核心理念，那就是要使大家的生活都美好起来，所以在这方寄托着憧憬与希望的丰美的水土上就滋养出和善的笑容、营造出"和合"的交融与和谐。最后，这种观念和文化在这样的氛围里得以不断去生长壮大，形成了这样一种不可阻挡的"和"文化的潮流。这跟我们整个民族文化是真正血脉相连的，它的核心精神都是一致的。

说到西口精神，现在很多的学者，还有很多的文章都在谈论、研究，大家都从不同的侧面来总结西口文化或者是西口精神。一般，我们在多个场合听到的是几乎成"套装"格式的赞词，比如说"西口精神"是什么不屈不挠、坚韧不拔、艰难奋斗、开拓进取云云，我以为这些无疑都应是西口精神所具有的内容。可是，我觉得，西口精神应有它更加鲜明、独特的个性表达。因为，走西口本身就是一种非常独特的生活方式，特别是农耕文明与草原文明相接之后，经过全方位的碰撞、嫁接、交汇、融通等等，创造出了一种地域性的、很独特的新的文化，它可以说是中华民族多元文化融合、发展的典型。所以，我认为在中华优秀文化大概念的前提下，"西口精神"经其独特的西口文化滋养及历练，必然有它与其他地域、族人文化所不同的个性，从而在其"精神"的体现与表达上应有所不同。

我认为，"西口精神"概活起来是三个字：第一个字是"闯"，闯荡的闯；第二个字是"宽"，宽阔的宽；第三个字是"厚"，厚德的厚。为什么这样说？我想，第一个的"闯"字，实际上这里头暗含着一个"创"，这就是创造未来，创新图强。"闯"是什么？闯是走西口人本身坚定的一种生存理念、一种生活信心，他们是带着这种信念去闯一个世界、去闯一片天地。其目的是什么？目的是为了改善他们自己的生存环境与生存状态，提升生活水平，过上好日子。这个"闯"字中是带有他们的憧憬、带有他们的未来的。他们是要离开自己的家乡，到外面的世界去闯荡，以"闯"的劲风扬动起希望的船帆。因此，这种不畏不惧的敢闯的精神，对于一个民族来说，是非常重要的。只有敢于去闯，只有走出去才会有希望；只有敢于去闯，只有走出去才会去创造未来，才会不断创新图强。反之，如果一个民族没有走出去开创未来的胸怀，没有去闯天下的精神勇气，它将无从发展、无路可走、无处安身。这是一个特点。

接下来，第二个字就是"宽"。为什么是宽呢？既然要去走西口闯世界，就要有一种精神，要有宽广的胸怀、宽阔的眼界。它决定着你以怎样的眼光与态度看待这个世界，看待这一方水土，看待遭遇的生活。别外，"宽"还是为人处事的一种观念和方法，也就是宽厚待人和睦相处，这里头实际上包含着我们中华文化的核心，是什么呢？就是海纳百川。你只有以这样的胸怀，才能把更多的东西吸引和接纳过来，包括与自己的观念有差异的无害的东西，这就是所谓"宽"的包容性，如海绵一样，是水都吸收，是渣滓去掉。狭隘是一个民族最要不得的，如果一个民族要是狭隘的话，它压根儿就不会发展，不会屹立于世界民族之林。一个民族只有有了"宽"字，才能够去吸取、容纳越来越多别人的好的、优秀的东西，这样才能有发展，才有不断向前的动力和生机勃勃的青春活力。而要想做到"宽"而"容"之，则要以真正"有容乃大"的胸怀放低姿态，因为水是往低洼处流的，若想"海纳百川"必须形成渊谷、敞开胸怀。所以我认为"宽"字对走西口的人来说很重要，他必须要具有这样的胸怀、这样的精神境界才能行。

那么，再接下来，第三个字就是"厚"。"厚"是什么呢？就是厚德载物，就是中华民族优秀文化的深厚的积淀。这种文化积淀，实际上从祖祖辈辈那里早已融化进了当年走西口人的血液里，它在到了一定的时候自然而然就会发挥作用。我为什么说晋商是走西口人的一个典型的代表，是因为晋商在"闯""宽"都具备之后，而成就它的关键在于"厚"字，也就是中华民族文化的这种厚实积淀起的作用。比如晋商去做生意，不管做什么怎么做都以诚信为本，这就是厚，以德为先、厚道待人。当然这种晋商的"诚信"，我认为还不是它核心的独有价值，因为作为商人，特别是成功的商人、业有大成的商人来说，经商的起码道德就是诚信，不管是外国的意大利商人也好、犹太商人也好，还是我们中国的晋商也好、徽商也好、潮商也好，实际上都得遵循这样一个起码的经商道德，这就是诚信，否则你骗他，他骗我，欺来诈去，天下无商了！所以我不认为诚信是晋商所唯一的品性。

诚然，晋商和其他商帮确实不一样，不然怎么会成了"海内最富"

的中国十大商帮之首呢？我认为就在一个"厚"字。"表里山河"的山西乃养育晋商的风水宝地，是中华民族的发祥地极其悠久文明的核心区域，这里承载积淀的厚重的历史、文化熏陶哺育了他们，在关键时候这"厚"文化的作用与力量就会厚积薄发出来，而且在经商行市中久而久之成为人所公认的晋商做人做事的品德。这个"厚"所体现的正是中华民族传统文化的美德与智慧，是把对事物的看法、对人的看法，甚至对生命的把握等，以"厚德"的价值观的高度表现出来。

在这儿不妨说说乔家经商的几桩小事，从中就不难看出其以"厚"处事的表现来。乔家是靠走西口发迹起来的晋商，商号"复盛公"名满八方，有"先有复盛公后有包头城"之誉。乔家商号的规章制度很开明，尤其在人事管理和工资福利上，学徒三年内膳宿由商号供应，衣服、零用由铺保支垫；号内职工三年一探家，一次为半年（因商号在包头而用工来自山西老家）；所有职工不论出身，只要做事出色立即破格提升，并加身股。乔家注重信誉，取利有德。一次，复盛公油房运送大批胡麻油到山西销售，经手店员为图谋厚利，油中掺假。被发觉后，乔家立令快马追上已运至半路的拉油车队，就地开封通通倒掉，又返回包头，重新装上优质胡麻油再度启程。这种不惜巨额损失的做法，赢得了人们的良好口碑，乔家"从此信誉日益昭著，近悦远来"。乔家在商界有一个绰号："糊涂海者"，据说这句话是从乔家对待负债者的态度而来的。乔家对待破产者，采取温和的态度，从不上门讨债，特别是对待"相与"（指互相往来密切的主顾）更加宽厚，所欠贷款即使一分不还也可以。如有个叫"大顺公"绒毛店，欠"复盛公"一千元银洋，可破产后落得个倾家荡产，身无分文，其东家只把仅剩下的一把斧头和一个箩筐拎来，搁在当院相告便了结了欠账。再如，"双盛公"的财东杨老五欠乔家"复盛公"商号六万两白银，破产后他只给当时的乔映霞磕了个响头就算了了事。如此厚德仁义的做法，其结果不仅提高了乔家商号的声誉与地位，还招来了更多的商人与之买卖往来，甚至那些曾经破产的债主日后又得以翻身，重整旗鼓，反过来还清欠乔家的债务并死心塌地、义无反顾地与之一世生意交往。正因为如此，"厚"，这才能成就了晋商的大智慧、大境界。所以，我认为这个"厚"字，是走西口人精神中极端重要的一个方面。

"闯""宽""厚"这三个字的西口精神，恰好也正是我们蒙古族的草原文明所契合与具有的精神品格。之所以这样，它们才能达到一种真正的情意相投的融合，从生活、生产到价值取向、精神境界的自觉自愿的汇通、提升。

"闯"，我们的草原民族，我们的蒙古族兄弟，他们天地广阔极了，他们驰骋辽阔的大草原，这种与生俱来的民族性格就是在闯世界，就是去闯荡一片新天地。他们的这种"闯"和走西口人的"闯"的实质内核是一致的，在精神上是完全能结合在一起的。

"宽"，我们的草原民族，我们的蒙古族兄弟，他们的胸怀宽广极了。如曾是蒙古大部族的巴氏家族，在清王朝开边之后就担负起一项特别"任务"，将包括包头在内的广袤"封地"租给走西口的汉族先民耕种，帮助他们渡过难关。蒙古族兄弟张开宽厚的双臂，接纳了向自己走来的民众以及别的民族优秀的东西。这种敞开的接纳胸怀是蒙古族的性格及民风所具有的，是他们与"口里"走西口的人民一起创造了西口文化。

"厚"，我们的草原民族，我们的蒙古族兄弟，他们的文化积淀也是非常丰富而厚实的，其含养民族的历史也非常久远，是中华民族优秀文化和文明历史的有机组成部分，是整个中华民族大家庭共生共荣、发展进步的和谐脉动。

作为西口精神来说，是汉蒙两个民族在多年的相处交融当中共同创造的一笔精神财富，是共同构架出来的一个精神家园，他们共守着他们的宗旨和他们的理念。那么，正因如此，这种精神和这种文化，才有可能在几百年里连绵不断地传承下来，才有可能有今天这么大的影响力。

所以我说，西口精神、西口文化是因民族的融合、交汇而形成的一种具有独特气质的精神和文化，由此才造就了"走西口"在今天有这么厚实和博大的内容。因此，西口文化不光研究价值很大，它对现在社会发展的借鉴作用以及指导性也是很强的。什么力量最大？文化的力量最大！历史上有多少朝代更迭而去了，历史上有多少风流人物随风而逝了，历史上有多少辉煌建筑残垣断壁了，但有一种东西却留了下来，就是我们渊源不绝的文化。文化的力量可穿越时空、可超越任何一种力量！

编者：您当时徒步走西口采访是在 1985 年，今年是 2015 年，恰好是整整三十年。我想，您写的这部书是对徒步走西口采访三十年的最好纪念。我知道，您对西口文化的研究一直没有中断，那么，能否对"走西口"作个概括呢？

张敬民：走西口是一曲悲歌，也是一首壮歌，它还是我们人类为了自己的理想，向着未来去奋进的一首赞歌。这首歌集勤劳、智慧、勇敢、顽强等于一体，彰显着人性光芒，彰显着民族精神。它是波澜壮阔的一部历史，也是生命燃烧的一支交响曲。依我看，走西口是一部活着的中华民族交融史，是一部活着的中华文化演进史，也是一部活着的和谐共荣发展史！

后　记

　　当书稿的最后一个句号画上，我第一个想到的是去河曲，将这些文字放归于它所描摹的那方亲乡热土和那脉甘泉清流里去滋养和洗涤。

　　2015年5月14日，我又回到（与我相熟的当地人见了都这么说：你回来了）了黄河边儿的这片飘飞在民歌上的土地，敲开一扇扇门，把书稿送到张存亮、贾德义、韩运德等这些老辈分的民歌人手中，请他们审阅、勘正。因为，在我心目中，浸泡在"山曲儿"里一辈子生活于此的他们，是最有资历、最有权威、最有发言权的专家，只有经他们的手眼批阅修订过，才让人踏实放心，才算拿到准予放行的"通行证"。同时，我登门到来还有另一个请求，要他们"把智慧贡献出来"，与我一道共同完成书稿的最后一个部分，即以文中各章节所述主题对应选定附录的民歌——"黄河上的歌""走西口的歌""男人女人的歌"。之所以要设置附录这部分，目的是为了书的内容有一个更宽更深的延展，使有兴趣的读者能更痛快地品读原汁原味的"山曲儿"。

　　我此来"求援"，并非是借众手尽可能多地拼凑民歌的数量，恰恰相反，是苦于"资源过剩"，丰厚得不知从何处下手。河曲是民歌的海洋，数量浩如烟海，照当地百姓的话说是"山曲儿好比天上的星"。我诚邀这些民歌人的"加盟"，正是想请他们帮助"淘海捞珍"，以章节主题分类，每类精选出他们各自心目中最具代表性的20首左右的经典"山曲儿"，汇集起来，综合比较，最终遴选入书（凡在正文中引用过的民歌便不再重复入选，以避免雷同）。我想，只有这样才算得上具有"权威"

性，才算得上"认真负责"。当然，这本来就是见仁见智的事，萝卜青菜各有所爱，经历、喜好、学识、审美等等的不同，必会导致认识的差异，故而选择出的心目中的"经典曲目"定会有别，甚至大相径庭。我以为，这都是再正常不过的了，不是这样反倒不正常了。因此，本书所选曲目也仅为几家管见，不足定论矣。

三天后的一大早，我如约登门"讨债"。老人们都把看过的稿子一页页重新码齐，等待我的到来。当我从他们手里接过文稿而急切地翻阅时，心被打动了，不由得手在颤抖。趁着朝阳的光辉，掀开的一页页白纸上不时跳跃出不同颜色和笔体的墨迹，无一不是那么工整、仔细，甚至在一些涉及民俗俚语的地方更是掰开揉碎了地注解，可见这些民歌老人们的严谨与认真。这部书稿虽然不长，但在这么短的时间看完，对于七八十岁的老人来说也非易事，必得"点灯熬油"，正如韩运德说的"半夜三四点就又爬起来看了"。他不仅按时审阅了文稿，还用他那极为工整的秀丽雅书，一笔一画将精选的民歌一首一张地抄录在了白纸上，而且不满足于我仅要的歌词文字，还"超额"填补了曲谱。我发现，在这一摞词曲里，除了那些传统"山曲儿"外，还有多首由他自己创作的民歌。从中，我意识到了老人对我的极大信任，因为他对自己一生创作的民歌视作生命，决不轻意交付于人。

贾德义把书稿交于我时心情仍旧难以平复，虽说一夜没合眼，可从说话的劲气和舞动的手势上看不出有丝毫的倦意。他表示极其赞同书中的观点，认为这是一部"文字不多，分量挺重"的著作。接着，他又翻出有过自己标注的每一页，一个词一句话地加以解释，比如文中引有的晋蒙土语"孤少"，即指出应为"孤哨"（当地也有人用"孤骚"），只有"哨"这个音才被当地人认为是孤独、孤单之意，而读"少"（shào），当地人则会意会为"热"的意思。其实，我认为用作"孤少"更能望字生义。当然，遵循当地人的习惯用法则亦属贴切。老贾翻到了文稿的最后，指着在纸的空白处用铅笔写下的四句话，抖动起胡须高声吟读：

"书稿阅后很痛快，穿透现实展未来；东南西北凡音汇，世代要唱二人台！"同样，他也选出了属于自己心目中的经典民歌，而且一样是用手写的一笔飘逸劲秀的好字齐齐整整抄于稿纸上。我欣喜地急切伸出手去接，可他却拦住不给，非要一行行读予我听完后方才罢休，说是怕我有认不清的字而弄出错误来。

再说张存亮，等不得我上门来，天刚亮便来敲县招待所的房门了。他先把装着文稿的大信封郑重地放在床上，尔后从里面抽出一张写满蝇头小字的稿纸道："看过了，好着呢，没甚的意见。只是想给你推荐个人，他应当写到这书里。"我赶紧接过来看，上面出现的名字是"李法子"。这是个在上了年纪的河曲人中尽人皆知的名字，也是我如雷贯耳多年的名字，只可惜一直无缘相识，直至隔世终憾。从其一生的从艺历程上看，他正是我在河曲民歌人中苦苦寻觅的那位堪称"歌师"的人。多位民歌老人对"歌师"这样的命名均一致地赞同。故此，我决定将张存亮笔录的文字复述如下，郑重向读者介绍这位艺术造诣深厚、承启之功卓著的河曲**"歌师"**——

李法子(1916年—1995年)，人称"串话王"，河曲县岱岳殿村人，出身贫寒，16岁时跟人学艺，18岁出师唱民歌、二人台。1938年他给傅作义将军演出，受赠军服一套；后组班到内蒙古卖艺谋生，遭土匪抢劫；1940年河曲解放后回乡务农，并参加抗日文艺宣传活动。1953年，他率先在本村组织"娃娃班"，培养了吕桂英等一批二人台新秀，并向山西省歌舞团任艾英传授了《走西口》等节目，两人表演的《走西口》轰动一时。1955年，他还应邀到山西省艺术干校，向全省文化馆干部教唱《五哥放羊》等节目。1956年，河曲二人台剧团成立，他担任副团长兼教师。其导演的二人台《珍珠倒卷帘》被选为1957年全国民间艺术会演节目，并同张存亮等一道进京参加了民歌合唱，受到周恩来、朱德等党和国家领导人的接见。此后，他还应聘到阳高县教唱二人台节目。他先后收徒传艺百余人，传授二人台剧目五十余个，民歌三百余首。1992年，李法子被忻州地区授予"民间艺术家"称号，1994年入选《中国民间名人录》。

我想，将李法子尊为"歌师"是名至实归的，其"传宗接代"的承继之功当被铭记。其实，对于河曲的民歌、二人台来说，需要的正是许许多多像他这样的"歌师"，把老祖宗遗留下来的文化艺术继承好，呵护好，并创新发展，肩负起"把根留住"的责任与使命。令人欣慰的是，在河曲以"传、帮、带"为己任的大有人在，教徒授学几乎是所有从艺人的习惯之道，有的甚至作为了生命的归宿。现年已七十五岁的邬新田，一生与民歌、二人台打交道，曾开办专门学校施教授学，培养出了一千五百多名学员，目前都活跃于城乡大大小小的舞台上。我就亲眼所见亲耳所闻他对徒弟们的嘱咐："记住，我死了甚也不要，往棺材里放两本二人台的书就行咧！"今年七十一岁的菅保憨对家乡的艺术也是一样的痴迷，既带学生又著书，前些年瘫痪了，硬是挺了过来，身体刚刚康复又投入到写作之中，整理出版了《原生河曲民歌集》。这次去河曲，我俩得以在二人台剧团大院重逢，真乃喜出望外，不禁万千慨叹。我当即将精选民歌的事交代与他，他痛快应允，并在几天后便交付完成。此一程河曲之行，我还特意深入到了属民歌、二人台发源地的两个村子，一个是樊家沟村，一个是岱岳殿村。在那里，我访问了很多民歌老人，从他们身上依然能看得到家乡艺术带给他们的生命活力。樊家沟村是著名艺人樊六的故乡，他毕生倾注于民歌、二人台的事迹成为了村人后代口口言说的传奇。现在，村里那些上了年纪的人，坚守着当年全村"无曲不会、无人不唱"光耀荣誉，有空就唱逢节就演，以自己的行动来感染带动全村的男女老少，特别是年轻人。不仅于此，他们还把村里的"文化大院"办得红红火火，并筹划着集资将村头老旧戏台扩建成适应村民需求的大舞台。

再说岱岳殿村，我去寻访的对象是李法子的后人李兴飞和徒弟张翠英。李兴飞管李法子叫"老爷爷"，也就是其父的爷爷辈。他现在是奔走于晋陕蒙的"文化经济人"，吃得依然是祖宗饭，不仅自己为远近小有名声的唱将，还依托其演艺资源与儿子一道开办了婚庆公司，无意中把生意与传播有机结合在了一起，每年不仅有大几十万的收入，还红火热闹地把"山曲儿"、二人台带进了千家万户。张翠英现年也是七十一岁的人了，虽是女性可有着男人的性格，说话办事爽直得很。她十七岁进了县二人台剧团，就入门成了李法子亲传的徒弟。在事业的道路上，她有过属于自己的辉煌时代。世人耳熟能详的民歌《大红公鸡毛腿腿》，就是她在上世纪六十年代初去定襄县演出时发现，并向当地人一句句学来的。回到河曲后，她首度将这首民歌搬上舞台，并一炮走红，成为每演必唱的保留曲目。之后，她把这首自己的"成名曲"毫无保留地传授给了登门来学习的地区和省里的歌唱家，从此在神州大地传扬开来，直至唱响到奥地利维也纳的"金色大厅"，成为中国民歌的经典。

至今，张翠英的嗓音依然清脆，唱给我听的《大红公鸡毛腿腿》口齿利落，"脆生生"的实在好听。虽说她已退休不再登台了，可仍放不下这份事业，将自己的经验毫无保留地传授给儿女子孙。在河曲，除了上述这些具有代表性的老一辈外，倾力做着民歌、二人台艺术传承事业的，还有许多现今既活跃在舞台又投身教学或组织带团演出的中年人，如田白、王掌良、王永茂、贾彩萍、杜全居、侯巧梅等等。其实，无论年长年幼，只要是立志并且投身传承实践的民歌人都可称作"歌师"。像这样的"歌师"，越多越好！

在这里，我还想记述一件事情，似乎只有把它讲给了读者我方能释怀。按照我多年的习惯，只要有可能，每到河曲的第一站必上娘娘滩，去探望住在那里的结交三十年的扳船汉——李贵雄、李二顺。

从太原出发，行程五个多小时抵达河曲，当天下午，我即动身往娘娘滩而去。到了黄河边，在码头上遇见了正在招呼游客上下船的李二顺。他见到我，先是一愣，眯着昏花老眼瞅了一阵子，方才恍然认出了我。他毕竟是八十一岁的人了，况且我们又有七八年未能见面。老人伸出干枯粗糙的手，把我拉上了船，嘴里叨叨着"咱回家说话"。我望着黄河里环水而抱的娘娘滩滩涂，问李贵雄现在干啥。李二顺没直接回答，看看正站在船头划桨的黑脸大汉："你问他。"他冲我笑笑，道："我是李贵雄的大儿子。"接着叹口气，"他全身瘫痪了，躺在岸上的村里。"我知道，娘娘滩人有两个住处，一个在滩上一个在岸上；岸上的村子，是政府特意拨款盖的，目的是为了防范水患。李贵雄是位多么爽朗的壮汉呀，怎么竟会成这样子！我当即表示，上岸后即去看望老人家。

船刚靠稳，李二顺率先上了滩，嘱咐我同随行者们转了庙即往家里去，说罢便匆匆没入了小道的林荫里。我熟悉这里的一切，哪条道儿通向哪儿、庙宇坐落什么方位、滩名的历史由来等等尽在心底，便自然成了一行人的向导。待环滩一圈后，我引导着来到绿树掩映着的李二顺家，只见在那棵海红果树下已摆好了小桌小凳，瓜子、花生、红枣、核桃、杏干、海红果、茶水、香烟摆得满满的，李二顺和老伴正憨厚地笑望着迎接客人的到来……

夕阳西斜，黄河上泛着金波。我们又回到岸上，告别了相随而送的李二顺，跟着李贵雄大儿子朝前面不远的村子而去。进了一座红砖围砌的院落，推门走进敞亮的正房，一盘大炕上躺着一个男人坐着一个女人。我一眼就认出满头银发的老妇人是李贵雄的老伴儿，而那一动不动背对门躺着的男人必定是李贵雄了。我迅速来到炕前，俯下身握住那双粗壮的手问："贵雄，你还认识我不?"他睁大一双干涩的眼盯视片刻，颤抖着厚厚的嘴唇喃喃道出几个字："是敬民来了。"那声音虽小，但很清晰，浑厚之中富有穿透力。在场的人都被李贵雄的反应惊呆了，就连他的老伴儿和儿子也生发出了不敢相信的目光。是啊，一个八十五岁、瘫痪了几年的人，居然一眼就认出了时隔数载不见的外来人，怎能让人不吃惊呢。何况，据说老汉脑子经常糊涂得"不记人了"。

我与李贵雄老汉交谈起三十年前相识的情景，他笑着说，你那时候还是个娃娃，背着采访背包……我忆起每次上滩他都不忘领着去庙里，拿出残缺的汉瓦讲述令他们自豪的祖辈故事，老汉竟闪动着神秘的眼神儿，要我附耳上前，低声告诉说他自己还悄悄藏着两片完整地带有"万岁福贵"字样的汉代瓦当，末了还开心地笑着说："我甚也给敬民说咧。"……我对老汉说，你还记得不，我学唱的"扳船调"还是你一句一句教的。谁也想不到的是，全身动弹不得的李贵雄居然又张嘴哼唱起了那属于黄河船夫自己的歌："哎——，众弟兄弯腰用力一齐来哟！哎——，看只看太阳落在西山畔哟！哎——，大闺女爱上个扳船汉哟！"……

听着老汉的歌，满屋子的人都哭了……

我要离去了，把几张人民币塞到老人的枕头下，说："你好好着，我下次再来看你。"

李贵雄望着我，脸上浮现出一抹微笑，说："你再来时，还不知有我没……"

……

写到这里，我不想再说些什么了。我想，面对这样的情景，再多的语言都是苍白的，只要记住他们就好。

最后，我要感谢所有帮助过我的人，谢谢！

张敬民

2015 年 5 月 24 日